이기는 나! 현명한 나!

현명하게 이기는 습관

이기는 나! 현명한 나!

현명하게 이기는 습관

1판 1쇄 인쇄 | 2017년 11월 25일
1판 1쇄 발행 | 2017년 11월 30일

지은이 | 시라가미 요시오
옮긴이 | 안은주
펴낸곳 | 브라운힐
서울시 마포구 신수동 219번지
대표전화 (02)713-6523, **팩스** (02)3272-9702
등록 제 10-2428호

ISBN 979-11-5825-044-7 03890 값 14,000원

이기는 나! 현명한 나!

현명하게 이기는 습관

wisely

시라가미 요시오 — 안은주 옮김

★ 머리를 사용하여 지혜를 낸다.

★ 지혜를 못 내는 자는 땀을 낸다.

★ 지혜도 땀도 내지 못하는 자는 조용히 사라져라.

Winning Habit

그림을 그리듯이 말하라!

| 머리말 |

살다 보면 누구나 벽에 부딪힌다. 그러나 같은 벽에 부딪히더라도 그것이 어떤 사람에게는 비약을 위한 돌파구가 되고 어떤 사람에게는 파멸의 입구가 되기도 한다. 그 이유는 무엇일까?

역경을 끝까지 넘을 수 있는 사람은 먼저 역경을 결코 절망적으로 보지 않는다. 그 뿐만 아니라 그 상황을 자신의 힘으로 바꾸어 버린다.

이 책에서 소개하고 있는 보험 세일즈맨을 떠올리기를 바란다. 그가 보험 세일즈를 시작한 것은 57세가 되어서였다. 게다가 자신이 출입하기 시작한 회사는 업계에서 신이라고까지 불리던 사람이 모두 독점하다시피 한다는 사실을 알게 되었다. 막강한 상대를 만난 것이다.

그러나 그는 포기하지 않았다. 경제적으로 풍부하고 편안한 생활을 충분히 할 수 있음에도 불구하고 그는 왜 힘든 일을 자청하고 나섰을까? 그는 아무 자극도 없고 아무 성취감도 없이 그저 시간을 보내는 인생을 거부했던 것이다.

그는 처음부터 공부를 했다. 열의를 가지고 몇 번이고 상대가 놀랄 정도로 도전을 한 것은 이미 알고 있는 바와 같다. 그는 불리한 상황을 자신의 힘으로 변화시켰다. 독자들 중에는 그렇게까지 했는데 성과가 없을 수 없다고 생각한 사람들도 있을 것이다. 그리고 그렇게 고생을 한 끝에 그는 처음으로 커다란 벽을 넘을 수 있었다.

그 정도로 노력한다면 무슨 일이든 안 되는 일이 없을 것이다. 그렇다. 이 사실은 세상 누구나 다 알고 있다. 지금 자신의 인생이 그저 그렇다고 생각하는 사람은 예외없이 그런 노력이 귀찮다고 생각하거나 자기에게는 무리이며 그것은 성공한 사람만이 가진 특수한 능력이라고 생각해 도전하기도 전에 주저앉아 버렸을 것이다.

당신은 이미 성공하기 위해서 어떻게 해야 하는가를 잘 알고 있다. 그렇다면 왜 하려고 하지 않을까? 자신의 인생은 단 한 번밖에 없다. 자기 이외에 누가 자신의 인생을 변화시켜 줄 것인가? 자기가 어떻게 마음을 먹느냐에 따라서 당신은 당신이 미처 생각하지 못했던 일까지도 성취할 수 있을 것이다.

성공하고 싶다면 일단 한 가지라도 좋다. 자기가 지금 마주하고 있는 문제를 뛰어넘기 위한 노력을 해 보자. 단 한 번이라도 벽을 뛰어넘어본 자만이 다음 벽도 제대로 뛰어넘을 수 있다. 이것은 뛰어넘은 벽의 갯수만큼 사람은 인생의 요령과 강인한 정신력을 확실하게 몸에 익힐 수가 있다.

또한 한 개의 벽을 넘을 때마다 다음에 넘어야 할 벽이 보이기 시작한다. 그것을 넘으면 또 그 다음, 또 그 다음…… . 인생은 벽을 열심히 뛰어넘는 사람에게만 선물을 준다. 눈앞에 있는 것을 뛰어넘지 못하는 사람에게 다음 벽은 결코 보이지 않는다. 하나의 벽을 극복하는 것이 이른바 인생의 돌파구가 된다. 그리고 이것을 계속해 나가는 사람만이 인생을 이상적으로 보낼 수 있게 된다. 이것이 필자가 한 번이라도 벽을 넘어야 한다고 말하는 이유이다.

자신의 인생에 신천지를 만들기 위한 첫걸음으로써 먼저 자신의 눈앞에 있는 문제를 극복해야 한다. 그리고 그러기 위해서는 누가 뭐라 하더라도 자신의 힘을 기르는 것이 필수불가결하다.

이 책에서 필자는 인간성, 내용력, 대응력의 세 가지 각도로부터 자신의 힘을 기르는 법을 설명해 왔다. 이것들을 부디 하루에 한 가지 항목만이라도 좋으니 실행하기 바란다. 그러면 틀림없이 당신은 인간성이 풍부한, 내용이 충실한, 대응력이 있는 사람으로 성장할 수 있을 것이다. 그리고 이러한 실천력을 쌓으면 쌓을수록 자기를 강하게 하고 그리고 현명하게 만들 수가 있다. 그렇게 하면 한 장의 벽을 깨는 일이 의외로 쉬워지게 된다.

성공하는 사람은 자기 단련의 양과 정열이 다른 사람보다 많다는 사실을 빨리 깨달았으면 좋겠다.

이 책에서 든 많은 예는 결코 다른 사람의 이야기가 아니다. 이 책에서 필자가 설명하고 있는 자기 단련법을 실천해 간다면 틀림없이 당신 자신의 것이 될 것이다. 자신은 지금보다 훨씬 더 잘 될 수 있다고 생각하는 사람도, 지금 자신은 최악의 상황에 놓여 있다고 생각하고 있는 사람도 모두 반드시 하고 싶은 일을 실현해 가는 인생을 선택하게 될 것이다.

자, 당신도 우선 지금 눈앞에 있는 자신의 벽을 깨고 성공 인생으로의 돌파구를 만들자. 그렇게 하면 의미없는 하루가 도약을 위한 최고의 충전 기간이 될 것이다.

필자는 이 책이 당신의 성장을 위한 최고의 지침서가 될 뿐 아니라 당신의 행복지수를 매일 확실하게 높여주리라고 확신하고 있다.

이기는 나
현명한 나

이기는 나
현명한 나

이기는 나
현명한 나

이기는 나
현명한 나

이기는 나 * 현명한 나

01

인생의 살아 있는 스승은 **정상에 오른 자**의 **강함, 분명함**이다

지금 당신은 어떤 입장에 있는가? 일반사원인가, 계장인가, 과장인가? 이 모든 직위는 한갓 명함에 올라 있는 꼬리표에 지나지 않는다. 그만두면 그저 평범한 '나'로 돌아온다. 반대로 말하면 지금 당신이 있는 자리가 그다지 만족스럽지 못하다고 생각하더라도 노력을 거듭하다 보면 언젠가는 자신의 실력을 십분 발휘할 수 있는 자리에 오를 수 있는 인생을 선택할 수 있게 될 것이다.

여성은 끊임없이 아름다워지기를 바라면 바랄수록 고가의 화장품을 사고, 열심히 피부미용에 신경을 쓰게 된다. 그 결과 젊음과 미모를 유지할 수 있다. 샐러리맨은 만일 무엇인가 한 가지 일을 성취하고 싶다고 생각한다면 시간을 들여 조사하고 전문가에게 상담을 하거나 밤을 새워서라도 계획을 세워야 한다.

사회적인 지위 뿐만이 아니라 인간적인 면에서도 이와 같다고 할 수 있다. 자신의 향상을 바란다면 여러 가지 노력을 거듭하여 시간을 소비하고, 투자를 해야 한다. 그것을 바라는 강한 마음이 어떤 일을 이루게 해주는 거름이 된다. 이것을 마음의 창화작용(創化作用)이라고 한다.

당신은 장래에 무엇을 하고 싶은가? 무엇이 되고 싶은가? 어떤 인간으로 성장하고 싶은가? 무엇인가를 바라고 있다면 그것을 구체화시켜야 한다. '될대로 되라. 어떻게든 되겠지' 하는 식으로 체념한다면 그야말로 될대로 될 수밖에 없다. 당신은 진정으로 그렇게 될대로 되라는 식의 인생을 보내고 싶은가? 그렇지 않을 것이다. 그렇다면 되고 싶은 자신을 마음으로부터 간절히 바라야 한다. 이렇게 되고 싶다. 이렇게 하고 싶다는 구상을 머릿속에서 만들어 내야 한다. 그리고 그것을 강하게 연출해 가야 한다. 그것을 끊임없이 반복해 간다면 언젠가는 정말로 그렇게 된다. 역경에 휘말리더라도 반드시 거기에서부터 헤쳐나오게 된다.

많은 선배들을 보고 있자면 저런 사람이 되고 싶다는 생각이 드는 사람들이 있다. 그런 훌륭한 사람을 목표로 하여 노력을 하면 어떨까? 그에게도 자기처럼 젊고 미숙한 시절이 있었을 것이므로 어떻게 해서 성공에 이르게 되었는가 하는 그 노하우를 배울 수가 있을 것이다.

자기 자신이 바라지 않는다면 상대는 아무 것도 주지 않는다. 그것을 진심으로 원하는 것이 먼저이다. "두드리라. 열릴 것이다."라는 말은 계속해서 구하고자 노력한다면 반드시 그 운명적인 일과 만나게 된다는 것을 뜻한다. 끊임없이 마음속으로 바라는 사람은 운명적인 사람과 만난다. 바라지 않는다면 상대방으로부터 다가오는 일은 절대로 없다. 장담을 할 수는 없지만 자신보다 크게 잘난 사람은 없다. 그저 모두 같은 인간일 뿐이다. 좀더 높은 곳을 바라보아라. 그러면 마음에 혁명이 일어난다. 성격이 아무리 완고하더라도 조금은 변하게 마련이다. 많은 사람들과 만나는 장을 스스로 피한다면 타인의 장점을 자신의 것으로 만드는 좋은 기회를 영원히 놓쳐 버리게 된다. 필자의 인생을 되돌아보아도 인생의 커다란 전환기에는 반드시 운명적인 사람과의 만남이 있었다. 그 사람과 만나지 못했다면 오늘의 나는 없었으리라는 생각은 해를 거듭할수록 점점 강해진다.

필자의 저서가 지금까지 모두 100권을 넘었다. 처음에는 어느 출판사에서 나온 〈모임과 회의 진행 방법〉이라는 책과의 만남이었다. 너무나도 훌륭한 책이었기 때문에 책에 끼워져 있던 독자카드에 자신의 솔직한 감정을 적어 지금부터 출판하기를 바라는 집필자와 주제를 10가지 정도 적어 보냈다. 필자가 책을 쓸 찬스는 그 엽서에서부터 시작되었다.

그 출판사의 사장이 원래는 교육자 출신이었기 때문에 필자가 적은 집필 희망자에 흥미를 가지게 되었던 것 같다. 물론 필자의 이름을 집필자로서 그 리스트에 적은 것은 아니지만 필자가 이와 같은 테마에 흥미를 가지고 그렇게 많은 집필자를 알고 있다는 사실에 사장은 주목을 했다고 한다. 그 때 "당신이 써 주시오." 하는 의뢰를 받았다. 사장이 인격자라는 사실은 이미 알고 있었기 때문에 필자는 흔쾌히 받아들이기로 했다. 그 엽서 한 장으로부터 시작된 사장과의 만남이 필자의 운명을 완전히 바꾸어 놓았다.

오늘까지 필자에게 많은 인간적인 영향을 미친 스승과의 만남은 엽서 한 장, 간단한 인사로부터 시작되었다. 식견, 인격, 지성 등의 모든 면에서 하나같이 뛰어난 선생님들과의 만남은 필자의 인생을 크게 바꾸어 놓았다.

또한 다소 필자가 인간적으로 변했다고 한다면 그것은 이와 같은 대선배님들과의 만남의 영향이다. 나이 탓이기도 하지만 이런 사람들과의 만남은 갈수록 소중하다는 생각이 든다.

아직 젊은 여러분들은 한꺼번에 너무 많은 것을 이루려고 하지 말고, 틈나는 대로 강연회나 공부 모임 등에 적극적으로 참가하여 전문가들의 이야기를 들을 것을 권하고 싶다.

또한 많은 책을 읽어 보자. 가능한 사생활이 복잡하지 않은 모범이 될 만한 사람을 목표로 하여 직접 보고 배우려고 하는 것이 좋다. 업무상에 있어서도 상사나 선배와 동행하여 갔을 경우 거래처 등의 사람들과 잡담을 하는 동안에도 많은 것을 배울 수가 있다. 만일 실수담에 대한 이야기가 나온다 하더라도 '그런 사람이었군' 하고 먼저 지레짐작하지 말아야 한다. 지금 뛰어난 사람이라도 그 자리에 오르기까지 많은 일이 있었구나 하고 생각한다면 지금까지 자신의 인생을 실패의 연속이었다고 생각하여 포기하고 있었던 일을 다시 한번 생각하게 될 뿐 아니라 정신적으로도 도움이 될 것임에 틀림이 없다.

30대를 넘으면 직접 방문하여 이야기를 들어보는 것이 좋다. 그런 기회가 많다면 그 중에 한 가지나 두 가지라도 좋다. 가장 인상에 남은 것, 참고가 될 만한 일을 구체적으로 적고 그 내용에 대하여 자신이 느낀 점 등을 간략히 정리하여 감사의 편지를 써 보면 어떨까? 또한 책을 읽었다면 저자에게 독후감을 써 보내는 것도 좋은 방법이다. 필시 어떤 반응이 올 것이다.

자신의 가치를 인정해 주는 사람을 좋아하는 것은 당연한 일이다. 그런 과정을 통해서 친해지는 것도 현명한 방법이다. 하지만 모든 사람에게 좋은 반응을 기대하지 않는 것이 좋다. 답장이 오지 않으면 화가 나기 때문이다. 그 사람들도 바쁠 테니까…….

천리길도 한 걸음부터 시작한다는 말이 있다. 자, 정상에 오른 사람들을 목표로 정신적인 여생을 시작해 보자.

02

자신의 틀을 깨기 위한 **대상**을 갖는다

어느 분야에든 정상에 오른 사람은 그 나름대로 뛰어난 매력을 가지고 있다. 그런 의미에서는 1인자와 2인자와의 차이는 너무나 크다. 1인자, 2인자, 3인자, 4인자, 그리고 그 이하 등 특별한 일이 없는 한 도토리 키재기와 같다고도 볼 수 있다.

얼마 전 심야방송에서 한 권투선수의 이야기를 들었다. 그가 자신에 대한 기대로서 아버지로부터 세 가지의 이야기를 들었다고 한다.

❶ 공부해서 학자가 되던가

❷ 돈을 벌어서 부자가 되던가

❸ 무엇인가 열중하여 영광을 누려라

는 이야기였다. 그는 보란 듯이 세 번째의 영광의 자리에 오르게 되었다.

19세 때 국내 챔피언 자리에 오르지도 못했던 그가 다른 선수들의 펀치

히터가 되어, 갑자기 플라이급의 세계 챔피언이 되었다. 그리고 복싱계의 정상에 오르게 되었다. TV를 잘 보지 않는 필자도 그 당시의 시합을 보고 있었다. 상대방을 코너로 몰며 분투하는 그의 투지가 너무나 인상적으로 남아 있다. 그 후 그는 밴텀급에도 도전하여 보기 드물게 두 계급의 세계 챔피언이 되었다. 필자는 권투에 대해서도 그 선수에 대해서도 잘은 모른다. 그러나 심야방송의 인터뷰의 내용을 듣고는 적지 않게 감동을 받았다.

챔피언의 생활보다도 챔피언 자리에서 물러난 후가 더욱 힘들었다고 한다. 전(前) 챔피언으로서 세상이 그를 보는 눈은 날카로웠다. 술도 담배도 하지 않고 인생에서도 '반칙'을 범하지 않기 위하여 주의를 했다고 한다. 필자보다도 한참 나이가 적지만 배울 만한 점이 많은 사람이다. 정상에 오른 자의 경외스럽기까지 한 이야기에 모자를 벗었다.

농업에 생애를 건 사람, 한 사람의 장인으로서 무엇을 꾸준히 만들어 온 사람, 어떤 사람이라도 좋다. 고난을 인내하고 정상에 오른 사람에게는 그 나름대로의 철학이 있고, 품격이 있다. 그것이 세상으로부터 평가를 받고 있기 때문에 모든 사람들로부터 인정받는 만큼 인간미 넘치는 매력을 칭송받을 수 있는 것이다.

또한 종교가, 사상가 등 그 시대를 대표하는 인물이라면 특별한 힘이 발산된다. 그것을 흡수하는 것은 귀중한 체험이다. 그와 같은 찬스를 찾아다

녀 보자. 그와 같은 인물이라면 운좋게 직접적으로 가르침을 받을 수 있는 기회는 극히 드물다. 반대로 말하면 그와 같은 희박한 기회가 자기에게 돌아온다면 결코 놓쳐서는 안 된다는 말이기도 하다.

하지만 만일 그것이 불가능하더라도 간접적으로 배우는 방법도 있다. 자신의 스승이 될 만한 사람은 주위에 얼마든지 있으므로 먼저 그 사람을 목표로 해 본다. 무엇인가를 배우고자 할 때 자신이 좋아하는 것, 관심이 있는 사람으로부터라면 그렇게 어렵지 않을 것이다. 오히려 즐거운 마음으로 임하게 될 것이다. 필자는 먼저 그것을 권하고 싶다.

야구를 좋아하는 사람이라면 프로 야구 선수를 동경하게 될 것이다. 3할 타자, 승리투수, 홈런왕, MVP 등 어떤 것이라도 가치를 인정받는다. 그러므로 이와 같은 사람이 말하는 자신의 고생담 등은 있는 그대로 받아들이게 된다. 타인으로부터 인정받는 사람에게는 배울 점이 있기 때문이다.

TV에 나오는 사람이라도 좋다. 연예인, 작가, 만화가, 가수, 음악가, 초대손님, 누구라도 좋다. 정말로 관심을 가지고 그 사람을 바라보자. 당신에게도 체험이 있을 것이다. 직장에서도 마찬가지다. 좋아하는 사람이 생겼다면 하루하루가 장밋빛으로 보일 것이다. 관심이 없었던 때와 달리, 그 사람의 얼굴이 보이지 않으면 어떻게 된 것일까 하고 신경을 쓰게 되며 행동 하나하나에도 관심을 갖게 될 것이다.

동경하는 사람, 가치를 인정하는 사람, 관심이 있는 사람을 갖도록 하자. 그 사람에게 몰두하는 동안 여러 가지를 받아들일 수 있다.

말뿐이 아니라 책 안에 나오는 것이라도 좋다. 문장에는 그 사람의 인간성이 자연히 배어 나온다. 그 말에 따라서 구체적으로 느끼는 것을 받아들일 수 있다면 성장할 수 있다. 인생에는 미리 정해진 길이란 없다. 자기 스스로가 만들어가는 수밖에 없다. 포기한 자에게는 별볼일 없는 인생밖에 없다는 것을 잘 기억해 두자.

인생의 분명한 목표를 갖자. 이렇게 말하면 목표도 없이 살아가는 사람이 어디 있느냐고 반문할지 모르지만 의외로 우리 주변에는 불분명한 꿈을 쫓아 대충 살아가는 사람이 많다.

자신의 틀을 깨기 위하여 자신에게 맞는 사람, 흥미를 가지고 있는 사람, 좋아하는 사람을 찾아내자. 그렇게 하면 받아들이기가 쉬우며 그 사람으로부터 배울 점도 무한히 많을 것이다.

03

나 이외에는 모두 **스승 배움**에 게을리 하지 않는다

인간은 여러 가지 의미로 타인을 흉내내며 성장한다. 자기 혼자서 처음부터 끝까지 새로운 것을 창조해 갈 수는 없다. 인간적인 매력이라는 점에서도 사람은 여러 사람들과 만나고 대화를 해 가면서 스스로를 닦아 간다. 혼자서만 가만히 있다면 인간적으로 성숙할 수 없다.

모방하며 성장하고자 생각한다면 그 모델이 되어 줄 상대는 호감을 가지고 있는 사람이나 존경할 만한 사람, 그리고 신뢰할 수 있는 사람일 것이다. 한마디로 자기보다 낫다고 생각되는 사람으로부터 배우려고 한다.

하지만 존경할 만한 사람, 정점에 도달한 사람을 모방하는 것은 어느 의미에서는 간단하다. 거기에 그치지 않고 극히 가까이 있는 사람의 좋은 점을 찾아내고 그 장점을 모방할 수 있는 사람이야말로 가장 빨리 성장할 수 있다.

1960년 후반이었다. 필자의 수강생 중에 유달리 눈에 띄는 여성이 있었다. 그녀는 40세 정도의 교양 있는 부인으로 눈을 뗄 수 없을 정도의 아름다운 미모에 성격도 활발했다. 이론적으로도 장래에 꽤나 높은 자리에까지 오를 가능성을 느끼게 해주는 사람이었다.

당시 우리들은 "화술은 성실+열의+기능의 세 가지 요소로 성립된다."고 가르치고 있었다. 평소부터 필자는 이 이론에는 여러 가지 결점이 있다고 어렴풋이 느끼고 있었지만 가르쳐 주신 선생님의 이론에 반박할 수 없다는 점도 있고 해서 수험생에게는 그대로 가르쳤다.

그 때 그녀로부터 "이야기라는 것은 무엇을 이야기할 것인가 하는 내용이 중요하지 않습니까? 화술의 요소에 내용이 빠진 이유는 무엇입니까?" 하고 질문을 받았다. 맞는 말이라고 생각했지만 "이 이론은 내용이 있다는 것을 전제로 해서 생긴 것이라고 생각합니다." 등등 스스로 생각하기에도 납득이 안 가는 불만스러운 변명을 하고 그 자리를 넘겼다.

필자도 전부터 화술의 구성요소로서 인간성과 내용력을 집어넣어 구축하는 것이 많은 사람이 더 잘 이해할 수 있다고 생각했었다. 그러므로 그녀의 질문을 받은 후 머리를 망치로 맞은 듯한 생각이 들었다.

그리고 나서 필자는 새로운 이론을 확립해야겠다고 몇날 며칠이고 계속 생각했다. 그 후 대학에서 화술학 대화론을 강의하게 되었고 그것이 전기가 되어 오늘의 3요소의 기초가 되는 이론을 발표하게 되었다. 그 근본을 말하라 한다면 강사가 수강생에게 가르침을 받아서이다. 만일 그 때 그 질문을 대수롭지 않게 그냥 넘겼다면 지금의 필자의 화술이론은 존재하지 않았을 것이다.

그 때 "가르친다는 것은 가르침을 받는 것이다. 수강생이야말로(청중이야말로) 최고의 교과서이다." 라는 사실을 새삼 느꼈다.

타인으로부터 배우는 것은 자신의 부족한 점을 자각하는 것이 전제이다. 이 말은 자기가 상대보다 위라고 생각한다면 모방하지 않는다는 점이다. "벼는 익을수록 머리를 숙인다."는 말이 있듯이 머리를 숙이는 사람으로부터 배울 점이 많다는 말이다. 이렇게 말로 하기에는 간단하지만 실제로 실행하기는 상당히 어렵다.

"알겠습니다.", "감사합니다.", "맞는 말씀입니다.", "저도 그렇게 노력하겠습니다." 등 솔직하게 마음으로부터 그렇게 이야기할 수 있다는 것은 너무나 행복한 일이다.

"그렇지 않다.", "그런 것은 찬성할 수 없다.", "그리 대단한 일도 아니잖아.", "잘난척하지 말아요." 하고 솔직하게 받아들이지 못한다면 그 사람이 한 말이나 행동에 대해서 납득할 수 없을 뿐더러 더 나아가서는 그것을 모방하여 자신에게 도움이 되도록 하겠다는 생각도 하지 않을 것이다. 자기에게 그 정도의 마음의 넓이가 없는 한 타인에 대해서 솔직하게 머리를 숙일 수 없다.

언제나 어깨를 으쓱거리며 잘난 척을 하거나 모든 일을 부정적으로 보거나 타인을 경시한다면 중요한 것을 놓쳐 버리게 된다. 원숭이도 나무에서 떨어진다는 말을 명심하자. 혹시 마음 어딘가에 나는 잘났다 하는 마음이 조금이라도 생긴다면 그런 사람으로부터 배우고자 하는 사람은 없으며 그런 사람을 존경 하는 사람은 없다는 점을 늘 생각하자.

잘난 척을 하는 사람들을 보면 대개가 자신감이 없고 마음에 여유가 없는 경우가 많다. 그러다 보면 다른 사람의 장점을 보는 안목이 없어져 다른 사람에 대해서 부정적인 말이 앞서게 된다.

누구에게든 배울 만한 좋은 면이 있게 마련이다. 나 이외에는 모두 스승이라는 말을 명심해 두자. 사람뿐이 아니다. 자신 이외의 모든 존재가 모든 것을 가르쳐준다는 마음가짐을 잃어서는 안 된다. 제대로 된 교육기관이 없던 옛날 딱히 배울 곳이 없었던 서민들은 이렇게 세상의 모든 사람들과 사물로부터 배우고자 하였던 것 같다.

한 재봉틀 회사 사장이 지금의 회사를 차리기 전 다른 재봉틀 회사의 전무로 있었던 시절의 이야기이다. 그는 딸에게 자신이 몸 담고 있는 회사의 영업을 하게 하여 딸로부터 많은 것을 배웠다고 한다.

그렇게 하게 된 계기는 대학을 졸업한 딸이 피아노가 갖고 싶다고 이야기한 데에서 비롯된다. 보통 부모 같으면 음 그래 하고 사 주었겠지만 그는 그렇게 갖고 싶다면 네가 직접 재봉틀을 팔아서 사라고 잘라 말했다. 그와 같이 딸을 직접 영업 현장으로 내보내는 일은 사실 그리 흔하지는 않은데 그 딸도 흔쾌히 아버지 회사의 상품을 팔기 위해 영업에 나섰다.

그는 이 딸로부터 영업의 고충 등을 듣게 되었다. 교통비가 부족하다고 하면 경리부서의 시스템을 개선하거나 현장의 개선을 딸로부터 보고받고 실행하게 되었다. 사랑하는 딸에게 현장의 고충을 맛보게 하고 게다가 그 보고를 듣고 그 고충을 다른 사원들을 위해서 개선하고 한 노력은 사원들에게 있어서 신나는 일이었음에 틀림없다. 이것도 역시 나 이외에는 모두 스승이라는 말과 일맥상통하는 점이 있지 않을까?

필자는 어떤 어려움에 봉착했을 때 이 말을 종종 떠올린다. 조금만 신경을 쓴다면 다른 사람들의 좋은 점을 보고 배우며 인정할 수 있을 것이다.

나이가 어린 사람, 후배, 부하, 사회적으로 하위에 있는 사람 등으로부터 지적을 받게 되면 현실적으로는 그렇게 기분좋게 받아들이기가 어렵다. 그렇다면 적어도 그 분야의 전문가나 베테랑인 선배, 상사 중에서 자신에게 정당한 사람을 찾아 보자. 아주 미미한 결점이나 일부만을 보고 저 사람은 안 된다 하는 식의 편견을 가져서는 안 된다. 만일 그렇다면 이 세상에서 머리를 숙인 사람을 찾기가 어렵다.

러시아에는 가까우면 가까울수록 타인의 작은 결점이 눈에 보이게 된다는 말이 있다고 한다. 어떤 직장에서도 마음이 맞지 않는 사람이 한 사람이나 두 사람쯤은 있을 것이다. 그렇다면 그 사람의 역할에 대해서 존경의 마음을 가져본다면 어떨까? 의외로 배울 점이 많을 것이다.

사람은 여러 가지의 노력 중에서 몇 가지인가 중요한 열쇠를 건네주는 사람과 만나게 되어 있다. 처음부터 맛있는 열매를 기대하지 않는 것이 좋지만 결과로서 그렇게 된다고 생각한다면 마음이 편해질지도 모른다.

흔히 사람들은 앞서가는 자의 뒷모습만 보고 달리라 하지만, 때로는 자신의 발자국을 밟고 오는 뒷사람을 돌아볼 필요가 있다.

겸손하게 머리를 숙이는 사람을 가까이 하자. 그리고 머리를 숙인 만큼 성장의 가능성이 높아진다는 점을 명심하자.

04

자기 **틀 밖**에 있는 사람을 찾아라

그날 상행선 열차는 거의 만석이었다. 한 역을 출발한 직후였다. 갑자기 한 남자가 핸드폰으로 전화를 하기 시작했다. 상당히 커다란 목소리로 게다가 필자가 있던 칸의 한가운데에 있는 자리였기 때문에 차내 전체가 쩌렁쩌렁 울리는 듯했다. 그 전화는 10 분 이상이나 계속 되었다. 때로는 깜짝깜짝 놀랄 정도로 높은 톤으로 소리를 내며 웃었다.

얼핏 들으니 처음에는 거액이 걸린 협상 전화 같았다.

"지금 역을 막 출발했어. 오늘 길에서 OO녀석을 봤어. 그 자식 젊은 여자랑 팔짱끼고 걸어가던데. 창피해할까 봐 아는 척은 안 했어."라는 식의 이야기로 발전했다. 이런 때에는 다른 사람의 전화가 꽤 신경에 거슬린다.

그가 2, 3 분 정도 전화를 하고 있는 동안에 주위로부터 불만의 소리가 나오기 시작했다. 본인은 핸드폰이 있어 편리하다고 생각할지도 모르지만 주위 사람들에게는 상당한 피해를 주게 된다.

필자는 직업상 이런 일에는 상당히 민감하다. 귀를 기울여 들었기 때문에 불만을 대체로 알 수 있었다. 그것을 정리해 보았다.

★ 저렇게 큰소리로 얘기를 하지 않아도 상대방에게 들릴 텐데, 다른 사람에게 피해가 된다는 생각을 못 하는군. 매너를 모르는 사람은 곤란하다.

★ 저런 이야기(여자에 관한)를 이런 곳에서 하면 안 된다. 교양이 없다.

★ 수치심이 없다.

★ 핸드폰을 만든 사람은 이런 불편함을 생각해 봤을까? 원폭을 만든 과학자만큼의 책임은 없을지 모르지만 마음의 불편함을 일으키고 있는 사람에게 책임을 느끼게 하고 싶다.

★ 현대의 교육이 잘못된 탓이다. 모두 개인주의에 빠져서 그런 거다. 그런 생각으로 점점 발전되어 갔다.

자르는 방법이나 요리 방법이 다르면 같은 재료라도 다른 결과나 성과가 나타나게 된다. 그와 같은 다면적인 공부를 하여 자기 자신도 유연성이 있는 넓은 마음을 가진 인간으로 성장할 수 있도록 노력하는 것이 좋다. 그러기 위해서는 다양한 만남을 추구하여 그로부터 배우는 것이 확실한 방법이라 할 수 있다.

대수롭지 않은 말로 상처를 받거나 인생의 커다란 문제라도 일어난 듯이 소란을 피우는 사람, 모든 것을 자신의 것으로 받아들이거나, 극단적으로 피해의식이 강한 사람, 대범하여 맞추기 쉬운 사람이 있는가 하면 그것이 지나쳐 어디까지가 진심이고 어디까지가 거짓인지 알 수 없는 사람도 있다. 이와 같이 현실에서는 여러 종류의 사람들 속에서 우리들은 살아가고 있다. 자신과 완전히 똑같은 성격의 사람은 없다고 생각하는 것이 좋을 것이다.

성격이 다른 많은 사람들과 같은 직장에서 일을 하고 다루기 어려운 까다로운 사람을 손님으로 대해야 할 경우도 있을 것이다. 이런 사람은 행복하다. 그것은 자신을 닦을 수 있는 절호의 찬스이기 때문이다. 이질적인 사람과 그리 편안하게 사귀지 못하는 만큼 왜, 어째서 등의 스스로 질문을 할 재료를 제공해 주기 때문이다. 무엇보다도 처음에는 위화감이 생겨 사귀기 어려울지도 모른다.

역으로 말하면 그렇게 함으로써 인간 그 자체에 대해서 자신에 대해 생각하게 해줄 기회가 된다는 것이다. 가까운 친구는 서로가 비슷하여 마음 놓고 대할 수 있으므로 기분전환이 되는 일종의 즐거움이 있지만 인간형성이라는 면에서는 그리 도움이 되지 않는다.

같은 종류의 사람만을 대하며 지내다 보면 어떤 틀에 맞추어진 규격적인 사람밖에 되지 않는다. 사람에게는 여러 가지 성격이 있기 때문에 다양한 사람과의 만남을 통한 체험이 다른 때에 크게 도움이 된다. 많은 사람과 만나고 그 사람을 관찰함에 따라서 우리들은 “이렇게 하는 것이 좋다.”, “이렇게 해야 한다.”, “이런 사람이 되고 싶다.”, “나에게는 이런 점이 부족하다.” 등 자신을 되돌아보게 된다. 이것은 실로 미지의 자신과의 우연한 만남이다. 만일 그 자리에서 도망가기만 한다면 중요한 체험을 하고 새로운 것을 배우며 자신을 강하게, 현명하게 하는 절호의 찬스를 잃게 된다. 찬스는 인내와 노력의 훈장이다. 그러므로 그렇게 우연하게 찾아오는 것이 아니다. 장해물 없이 걷기 쉬운 길만을 선택하거나 성장하기 위하여 노력을 하지 않는 사람에게는 이와 같은 찬스가 절대로 찾아오지 않는다. 신으로부터 주어진 둘도 없이 소중한 향연으로부터 도망갈 수 있는 방법이 없다.

성격이 다른 사람과 사귀는 것은 처음에는 괴로울지도 모른다. 그러나 익숙해지면 그런 다른 점이 오히려 재미로 느껴지기도 한다. 이것만큼 자신에게 있어서 자극적인 것은 없다고 말할 수 있다. 자신을 모나지 않은 성숙한 사람으로 개조하기 위해서는 성격이 다른 사람과의 만남을 많이 가져야 한다.

05

자기를 공정하게 잴 수 있는 자를 가져라

자기 자신이 좋은 사람인가, 나쁜 사람인가, 매력적인가는 자기 혼자서 결정할 수 없는 일이다. 어떤 기준이 있어 좋은 사람인가 아닌가가 결정되거나 타인이 보아서 매력적인가 아닌가가 결정된다.

매력이라는 것은 사람의 시선을 끌어들이고 몰두하게 하는 힘이다. 자기 스스로는 매력적이라고 생각하더라도 다른 사람이 그렇게 보아주지 않는다면 어쩔 수 없는 일이다. 그러므로 오랜 기간 집에서 혼자 지내는 사람과 우연히 몇십 년 만에 만나기라도 하면 "이 사람 인간적으로 아주 성장해서 꽤나 매력이 넘치는데……." 하는 말을 듣게 되는 경우는 거의 없다. 왜냐하면 대개의 사람은 다른 사람들과 만나서 서로 협력을 꽤해서 자신의 벽을 깨고 자기를 닦아 가기 때문이다.

수많은 사람과의 만남에 의해서 자기가 지금 어떤 레벨에 있으며 어떤 영역에서 다른 사람보다 뛰어난가, 그리고 어디에 문제가 있는가를 파악할 수 있다. 기준이 없으면 고칠 수도 없는 일이다.

사람은 상호간의 대화나 의논을 통해서 자기 자신을 교육시킨다. 그러나 혼자 있다면 그런 성장의 기회를 얻어보지도 못한 채 그대로 끝나 버리게 된다. 뛰어난 사람과 만남으로써 부족한 자신을 발견하게 되면 위로 향상하고자 하는 의욕이 솟아오르게 된다.

또한 타인과의 대화를 통해서 자신을 표현할 수 있는 기쁨을 맛보게 되는 경우도 많다. 인간은 자기를 표현하고 싶다거나 자기를 주장하고 싶어하는 강한 욕망을 가지고 있다. 집단에 들어간다는 것은 그 욕망을 만족시키기 위한 찬스가 주어진다는 것을 말한다.

따라서 사람들과의 관계를 적극적으로 넓힘에 따라서 인간관계를 호의적으로 쌓아갈 수 있다. 고독한 사람은 어딘가 히스테릭하거나 방위적인 태도가 강해서 대수롭지 않은 일로 충돌을 일으키기 쉽다.

개인의 개성에서 부조화된 요소를 빨리 제거해야 한다. 그것을 그대로 방치해 둔다면 원만한 대인관계가 이루어질 수 없다.

어디까지나 개인 차이기 때문에 한마디로 말할 수 없지만 일반적으로 가족 안에서 조화를 이루며 살아온 사람과 혼자서 오랫동안 살아온 사람과는 성격적으로 많은 차이가 있는 것이 사실이다. 어느 시기에 혼자 사는 것은 상당히 자각하지 않으면 치우치게 성장할 수가 있다. 그것을 잘 활용하여 훌륭하게 인생을 보내는 사람도 있지만 모든 것은 본인이 어떻게 자각하느냐에 달려 있다.

뛰어난 인간성과 인격을 몸에 익히기 위해서는 여러 사람들과 사귀며 집단에 들어가는 것이 보다 좋은 효과를 낳을 가능성이 있다.

취미, OO연구회, 스포츠, 연수회, 동료 등 여러 종류의 만남이 있으면 스스로 그 멤버를 집단으로 정리하는 것도 하나의 방법이다. 그러기 위하여 보이지 않는 노력이나 고생을 귀찮아해서는 안 된다. 익숙하지 않은 동안에는 자진해서 궂은 일을 맡아 하거나 잡일을 거드는 것도 좋다. 모임의 사람들에게 연락을 위한 엽서를 적는 일 정도부터 맡아 한다면 누구와도 친하게 지낼 수 있으며 환영받는 존재가 될 것이다.

먼저 행동으로 옮겨야 한다. 자동차는 시동을 걸지 않으면 출발하지 않는다. 그러므로 먼저 다른 사람들과 적극적으로 만나 그것을 잘 활용하여 살려 나가야 한다. 그리고 그것을 지속하려는 끈기, 의욕을 갖자. 다른 사람들의 좋은 점을 자기에게 맞게 살리는 사람만이 성장할 수 있다.

혼자서 일할 때는 결코 맛볼 수 없는 기쁨이 있다. 그것을 깨닫지 못하면 비즈니스맨으로서의 자격이 없다.

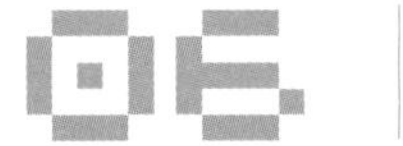

자신의 **벽**을 깨기 위한 가장 **빠르고 확실한** 방법

인생, 어떻게 하면 좋을까, 어떻게 살아가야 할까 하는 고민을 할 때 모든 것을 던지고 싶은 것은 누구나 마찬가지일 것이다. 하지만 그렇다고 해서 정말로 모든 것을 내던진다면 인생의 낙오자가 되고 말 것이다.

우리는 종종 "나는 ~이 되고 싶었는데……." 하고 아쉬운 듯 말하는 사람을 만나게 된다. 그렇다고 그 사람이 정말로 그 일이 하고 싶었을까. 그것은 거짓말이다. 만일 진정으로 하고 싶었다면 아무리 다른 사람이 자기가 하고 싶어하던 일에 뛰어들어 떨어뜨리려고 하더라도 과감하게 도전했을 것이다. 열의가 그 사람을 자극시켜 어떤 난관이라도 뛰어넘어 최후까지 노력하고 헤쳐나갔을 것이다. 즉 인생에 있어서 할 수 없었다는 말은 있을 수 없다. 모든 것이 그저 '하지 않았다' 일 뿐이다. 하지 않은 것은 열의가 없는 것과 동일한 말이다.

그런데 만일 당신이 어제까지 게으름을 피우다가 귀찮아서 하지 않은 일을 그냥 쌓아 두었다거나, 편한 길만을 택한 결과 현재 그리 만족하지 못하는 자리에 있다 있더라도 그것은 지금부터의 인생을 다시 개척하는 데에 있어서 그리 큰 지장을 주지 않는다. 오늘이라는 날에 지금까지 나태하고 연약하기만 하던 자신을 벗어던지고, 목표를 반드시 달성하겠다는 결의만 새롭게 다진다면 당신의 인생에 성공이라는 한 줄기 빛이 비칠 것이다. 지금까지의 나약함은 결의로 다져져 오히려 강한 자신이 탄생하게 된다.

결의를 하는 데에 있어서 무엇보다도 중요한 점은 먼저 아무리 작은 일이라도 행동으로 옮기고 보는 일이다. 해보기도 전에 이 세상의 불행을 한 몸에 짊어지고 있는 듯이 의기소침해 있는 사람이 있다면 그것만큼 부끄러운 일은 없을 것이다. 성공에 이르기까지 생겨나는 다소간의 고민은 어쩔 수 없지만 그것을 딛고 일어나 행동으로 옮기기 위해 노력해 보자. 그리고 지금의 상황을 보다 좋게 개선하기 위해서 어떻게 해야 좋을까 하는 그 때에 바로 고민을 해야 한다. 어떤 곤란한 상황에 처해 있다 하더라도 그런 열의를 가지고 노력하는 사람의 인생은 언젠가 반드시 좋아질 것이다. 제일 먼저 도전하는 용기를 가지고 헤쳐나가는 것이야말로 바로 강한 자신, 보다 좋은 인생을 만드는 데에 없어서는 안 될 기본 원칙이다.

자기가 선택한 일에 과감하게 도전하고 고난을 헤쳐나간다면 반드시 영광을 손에 넣을 수 있다는 아주 좋은 예가 있다.

K씨는 입사한 지 13 년 동안에 생명보험 계약 49,188 건을 획득하여, 계약 건수에 있어서 세계 최고봉의 자리에 오른 사람이다. 세계적으로 통용될 수 있을 정도로 성공한 세일즈맨의 한 사람으로서 오랜 기간 같은 길을 걷는 사람들에게는 목표가 되는 존재였다.

그가 보험 세일즈를 시작한 것은 놀랍게도 57세부터였다. 대기업의 이사직과 그 외 단체의 고위자리를 그만둔 후 한 생명보험회사의 세일즈맨으로 직장을 옮겼다. 훌륭한 사회적 지위에 오른 후 은퇴를 해도 전혀 이상하지 않을 나이에 새로운 세계로 뛰어들어 스스로 고생을 자초한 이유는 무엇이었을까? 그는 여생을 평온하게 살아가는 것보다는 고생이 되더라도 자극이 되는 그리고 성취감을 맛볼 수 있는 매일이야말로 '자신의 인생'을 살아가는 길이라고 생각했기 때문이다.

그렇다면 보험에 대해서 전혀 아무것도 모르는 그를 단기간에 성공하게 한 원인은 도대체 무엇일까?

처음에는 그도 전혀 실적을 올리지 못했다고 한다. 제일 처음으로 당시 알고 지내던 한 회사의 사장을 방문했다. 자신의 소신에 대해 힘주어 이야기하자 "음, 음." 하고 고개를 끄덕이며 들어주었지만 결국 자세한 것은 총무부장에게 이야기했으면 좋겠다는 대답만이 돌아올 뿐이었다.

총무부장은 총무부장대로 생각해 보겠습니다 하는 등의 애매한 대답만을 할 뿐 더 이상 이야기를 할 기회도 주지 않아 어쩔 수 없이 되돌아와야 했다.

돌아갈 때 어떻게 그에 대해서 알았는지는 모르지만 안내의 자리에 있던 사람이 "보험 세일즈를 하시나 본데 우리 회사에 저 사람이 있는 한 무리입니다." 하고 말했다. 그리고 우연히 현관으로 들어오고 있던 그 회사를 거의 독점하고 있는 다른 회사의 세일즈맨을 가리켜 보였다. 뒤돌아보니 밖에는 그의 차로 보이는 호화로운 캐딜락이 세워져 있었다. 그 경쟁사의 세일즈맨은 당시 보험 세계에서는 신이라고 불리는 존재였다. 그는 자신에게 너무나 거대한 라이벌이 있다는 사실을 깨닫게 되었다. 보통 그런 상대가 있다면 금방 포기해야겠다는 생각부터 하게 된다. 그도 예외는 아니었다. '역시 오지 말았어야 했는데….' 번쩍번쩍 빛나는 캐딜락을 보면서 무겁고 무거운 패배감을 느끼고 있었다. 처음부터 너무나도 커다란 벽에 부딪히고 말았다. 하지만 그는 간단하게 포기하지 않았다. 물러나는 것이 좋을까, 할 수 있을 때까지 해야 하는가 하고 햄릿이라도 된 듯이 고민했다. 그러나 그는 '좋아, 저 캐딜락을 뛰어넘겠다' 하고 결심했다. 그는 강한 의지가 솟구쳤다. 그 날, 집으로 돌아가자마자 곧바로 설명 자료를 만들기로 했다. 밤새 만든 자료는 막대한 양이었다. 다음날, 그 자료를 가지고 다시 한번 그 회사의 총무부장을 찾아갔다.

"다른 분에 비하면 제 자료는 너무 미비하여 부끄럽지만 이 자료를 검토해 주셨으면 감사하겠습니다. 잘 부탁드립니다."

이렇게 말하고 자료를 놓고 돌아왔다. 그 날 이후로 매일같이 비가 오나 눈이 오나 총무부장을 찾아갔다. 그래도 총무부장은 꿈쩍도 하지 않았다. 매일 출근하는 그의 의지에 버금갔다. 여기까지 온 이상 반드시 얼굴을 내미는 것은 이제 그가 보험에 건, 일에 대한 집념이었다. '저 캐딜락을 뛰어넘겠다.' 는 생각만이 머리에 가득했다.

"열심히 하시는군요."

안내 데스크에 있는 직원까지도 격려해 줄 정도였다. 이 말은 그에게 깊은 감동을 주었다. 조금 더 해 보자. 자기 자신을 그렇게 격려하며 매일 다녔다.

그러던 어느 날의 일이다. "지금 와 주세요." 하고 총무부장으로부터 연락이 왔다. 올 것이 왔다 하고 회사로 뛰어들어갔다.

"오랜 동안 고생 많으셨습니다. 당신과 2억 원의 계약을 하기로 했습니다. 당신의 계획은 정말로 뛰어납니다. 축하합니다."

눈에 눈물이 맺혔다. 이 한마디를 듣기 위하여 눈이 오나 비가 오나 매일 출근을 했는데 드디어 이겼다. 자신의 힘으로 총무부장의 마음을 움직여 저 캐딜락을 뛰어넘는 찬스를 잡았다.

그는 나중에 이렇게 말했다.

"나는 노력하는 사람의 미래에서 장밋빛의 인생을 봅니다. 판매종사자 여러분! 세일즈맨 여러분! 야심을 가지고, 의지를 굽히지 맙시다!"

지금 시대에 어느 정도 사람이 이 정도의 집념을 가지고 일에 임할까? 도중에 단념하지 않을 만한 집념만 가지고 있다면 노력은 반드시 결실을 맺는다. 자신의 벽을 뛰어넘는 가장 빠르고 확실한 방법이 바로 여기에 있다. 그리고 이 법칙을 인생에 살리는 사람이야말로 마지막에 웃는 사람이다.

한번의 설득으로 성공하겠다고 하는 생각은 안일한 생각이다. 당신이 지금 마주앉아 있는 문제가 아무리 어려운 문제라고 하더라도 상대방의 의식이나 상황은 항상 변한다. 그러므로 진정으로 하고 싶은 것은 쓸모없다고 포기하기 전에 여러 가지 각도에서 생각해 보고 어떻게 해서든지 돌파구를 찾아내는 노력을 하기를 바란다. 가능성을 향한 끈기 있는 도전 끝에 영광이 찾아온다. 당신도 K씨처럼 하고자 마음 먹은 일은 반드시 이루어 내기 위하여 오늘부터 목표 달성을 위해 결의를 해보는 것은 어떨까.

07

자포자기의 세일즈맨이 **최고**의 **세일즈맨**이 되기까지

프랭크 베드가는 아메리카 리그, 센트루이스 카지널스의 3루수로서 대단히 촉망받던 이른바 슈퍼스타의 햇병아리였다. 그런데 시카고 불스와의 시합중 그는 야구선수로서 치명적인 부상을 입었을 뿐 아니라 게임에서도 져 선수생활을 단념하지 않으면 안 되게 되었다.

몸뿐만이 아니라 마음에도 깊은 상처를 받은 베드가는 방황의 나날을 보내다 얼마 되지 않은 돈도 바닥이 나 어쩔 수 없이 당장의 생활비를 마련하기 위하여 돈을 벌어야 했다. 그렇지만 야구 이외에 이렇다 할 재능도 없던 베드가에게 야구선수보다 좋은 조건의 직장을 얻을 가능성은 없었다. 그래도 안 먹고 살아 갈 수 없었기에 그는 우선 가구점의 수금원으로서의 자신의 새로운 인생의 테이프를 끊기로 결심했다. 하지만 프로 야구의 일류 선수와 일개 수금원 사이에는 사회적인 지위나 수입에 너무나도 커다란 차이가 있었다. 얼마 지나지 않아 그는 도저히 참지 못하고 다시 한번 꿈을 키우기 위하여 보험 외판원의 길을 걷기로 했다.

그러나 정말로 힘든 것은 바로 그때부터였다. 많은 관중들 앞에서 경기할 때는 신나기만 하던 그였지만 막상 보험에 대한 이야기를 하려고 하니 입이 떨어지지가 않았다. 낯설기도 하고 설득력 있게 설명하기도 어려웠기 때문에 손님이 상대해 주지 않았다.

쓰디쓴 실패의 연속이었다. 당연히 성적은 제자리걸음을 하고 실의의 나날이 계속되자 '나는 원래 영업에는 재주가 없다.' 고 생각하게 되었다. 그리고 나중에는 '오늘은 정말로 사표를 내고 말겠다.' 고 생각하는 하루하루를 보냈다.

그러나 베드가는 여기에서 그대로 쓰러지지 않았다. 야구에서 정상의 자리에까지 올라갔던 자신이 영업이라는 벽에 부딪혀 좌절하여 그대로 물러나는 것은 자기 자신으로서도 납득할 수 없었기 때문이다.

'야구를 할 때에도 일류가 되기 위하여 그렇게 열심히 연습하지 않았는가? 나는 지금껏 정열을 가지고 목표를 세워 그것에 부딪치며 프로의 자리에까지 오를 수 있었다. 그런데 왜 지금 이 일은 하지 못하는가?'

그는 이렇게 마음을 고처 먹고 다시 한번 영업에 뛰어들었다. 상대방으로부터 거절을 받았을 때에는 왜 그랬을까 하고 실패의 원인을 분석했다.

또한 잘 되었을 때에는 성공의 원인을 찾아내고 그것을 다음의 영업에 반드시 적용시키기 위해 노력했다. 야구와 마찬가지로 약점 극복을 위한 훈련에 온 힘을 기울였다.

그러자 점차 영업에 보람을 느끼고 있는 자기 자신을 확실하게 느낄 수 있었다. 그리고 자신이 영업에 대해 생각하고 있는 가치관도 달라져 얼마간 시간이 흐르자 서서히 결과가 보이기 시작했다. 더욱 노력을 계속하여 일이 즐겁다는 생각까지 들게 되었을 때 그는 전 미국에서 넘버원의 월급과 실적을 가진 샐러리맨이라는 자리에 올라 있었다. 그렇다, 그는 자신도 모르는 사이에 영업의 프로가 되어 있었던 것이다.

아무리 힘든 영업이라도 열의와 성의를 가지고 임한다면 반드시 성공한다는 신념이 오늘날의 자신을 만들어 주었다. 대실패, 인생의 가장 밑바닥에서부터 올라와 눈앞을 가로막고 있던 '벽'을 부수고 성공에까지 오른 그의 인생에 대한 진지한 자세는 모든 시대, 모든 사람들에게 커다란 귀감이 되는 교훈으로 남겨질 것이다.

일을 완수하는 데에 있어서 스스로 도망가거나 하기도 전에 위축되어 버리는 사람이 있다. 실패가 두려운 나머지 그 일 자체를 거부하는 사람들이 실제로 많이 있다. '나는 할 수 없다.'고 포기해 버렸다면 야구 인생의 막을 내리고 그 자리에서 그대로 주저앉아 버릴 뻔한 프로 샐러리맨 베드가의 존재는 있을 수 없었을 것이다.

실패를 두려워한다면 아무 일도 할 수 없다. 어떤 사람은 예전에 실패를 했다고 해서 다시 도전하기를 꺼린다. 그런 비참한 추억은 두 번 다시 하고 싶지 않다는 생각에서이다. 한 번이나 두 번의 실패로 주저앉고 만다면 그 후로 계속되는 인생에서 성장의 길은 영원히 닫히고 말 것이다.

누군가와 처음 만나고 지금까지 해본 적이 없는 일을 하거나, 새로운 곳에 참가하는 등의 인생에는 새로운 사건이 끊임없이 계속된다. 그럴 때마다 모두 두려워 피하거나, 실패할지도 모른다는 생각 때문에 주저한다면 자기 계발은 영원히 이룰 수 없다. 어떤 일이라도 열심히 해 가는 사이에 재미도 생겨나고 좋아지기도 하는 법이다. 행동도 하지 않고 머릿속으로만 고민한다면 흥미가 생길 리가 없을 뿐 아니라 행동에 힘이 들어가지도 않는다.

자신의 미래는 스스로 개척해 나가야 한다. 그리고 '벽'을 깨뜨리는 것도 자기 자신이다. 그러기 위해서는 실패를 두려워하지 말고 용감하게 도전해야 한다. 창피를 당할 용기를 가져야 한다.

이 세상에는 당신의 뜻을 이룩할 수 있는 기회가 무수히 많다. 당신은 기회로 가득찬 세상에 살고 있는 것이다. 그러나 준비된 사람만이 일을 시작하면 끝낼 수 있다. 이는 일에 대한 올바른 자세를 가져야 한다는 말이다.

'정신일도 하사불성(精神一到何事不成)'이라는 말을 계속 반복해 가면서 제각기의 길을 헤쳐 나가자. 무슨 일이든 머릿속에서 상상하는 것만으로는 알 수 없다. 일단 부딪쳐 보아야만 실감하게 된다.

처음부터 실패를 기대할 필요는 없지만 실패를 두려워하여 아무 것도 하지 않는 것은 실패를 하는 것보다 훨씬 나쁘다. 만일 실패했다면 그것을 반성하고 개선하면 되는 일이다. 처음부터 완벽하게 할 수 있는 사람은 아무도 없다. 반성이 있으므로써 전진이 있지 않을까?

베드가와 같이 무엇이든 지금까지의 인생에서 자신이 달성한 것을 머릿속에 그리고 새로운 일도 그것과 같이 성공할 수 있다고 하는 자기 암시를 주어 보자. 그렇게 한다면 실패도 점점 줄어들게 되고 무엇보다도 실패했다고 해서 부끄러워하거나 주저하지 않게 된다. 실패의 원인을 분석함으로써 오히려 자신을 강하게 만들 수 있다.

'I can, 나는 할 수 있다!' 하고 자신에게 암시를 주는 것이 최대의 비결이다.

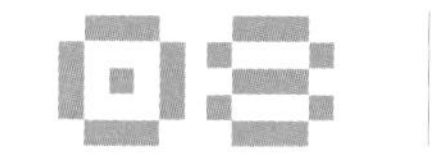

일에는 **타이밍**을 보는 **안목**이 중요하다

리코의 창업자인 이치무라 씨는 어렸을 적, 종종 아버지 손에 이끌려 산에 새를 잡으러 다녔다고 한다. 막대기 끝에 끈끈이 같은 것을 달아 그것으로 새를 잡았는데 그가 하루종일 새를 잡으러 쫓아 다녀도 새는 한 마리도 잡히지 않았다고 한다. 한편 아버지는 그리 움직이지도 않는데 새를 한 바구니씩 잡았다. 이유를 묻자 아버지는 이렇게 말했다.

"새를 쫓아 다니니까 안 되는 것이다. 새의 움직임을 잘 보고 바람의 방향을 생각하면 새가 갈 방향을 알게 된다. 그리고 그 곳에 끈끈이를 대면 새는 간단하게 잡을 수 있다."

그는 이것은 사업이나 인생의 성공 요령에 있어서도 마찬가지라고 말한다. 즉, 성공만을 쫓아다니면 좀처럼 성공을 잡기가 어렵지만 세상 사람들의 움직임이나 욕구를 정확하게 잡아내어 그곳에 끈끈이를 갖다 대면 성공은 저절로 다가오게 되어 있다. 단 덮어놓고 무작정 하면 성과는 오르지 않는다. 세상의 동향을 올바르게 파악하고 타이밍을 잘 맞추도록 움직여야만이 자신의 벽을 깨뜨릴 수 있는 것이다. 이치무라 씨가 리코를 대기업으로 만들 수 있었던 것도 그런 비결이 숨어 있었기 때문이라고 말할 수 있다.

그런데 현대와 같이 빠른 세상에서 사태에 적절하게 대응하기 위해서는 타이밍을 보는 눈이 무엇보다도 필요하다. 둔한 사람에게는 거의 불가능한 일이다. 타이밍을 잡지 못하는 사람에게는 경직화된 반응 이외에는 돌아오지 않는다. 또는 눈치만 살피며 다른 사람의 생각에 따라갈 뿐이다.

인간의 의식이나 태도는 대단히 유동적이며 사회의 변화도 너무나 빠르다. 현대는 유동하는 시대이며 변화 그 자체가 당연한 일이어서 그에 따른 타이밍에 대응할 수 있는 능력이 요구되어진다. 이것은 상대가 보이지 않으면 적절히 대응할 수 없다는 말이기도 하다.

일상생활에서 간단히 답변을 하는 단순한 것에서부터 새로운 것을 개발하는 것까지 포함하여 타이밍이 중요한 조건이 되어 왔다. 그와 같은 의미에서는 아이디어도 타이밍의 싸움이라고 말할 수 있다.

업무상의 교제나 상사와 일을 하는 데에 있어서도 적절하게 반응이 돌아오지 않는다면 사이에 공간이 생기기도 한다. 돈의 영수증의 관계와도 마찬가지로 상대의 이야기에 맞는 '말의 영수증'을 발행하지 않으면 안 된다. 하지만 그렇게 하지 않기 때문에 상대에게 불신감을 안겨주어 그 결과 인간관계를 딱딱하게 만들어 버리게 된다.

크레임의 처리 등 그 자리에서 곧바로 대응하지 않으면 안 되는 일과 같은 경우에는 조금만 늦어진다면 이중의 고생을 하게 된다. 이런 종류의 일 처리는 최우선적으로 해야 할 과제이다.

곧바로 대응해야 한다고 하면 사람들은 대개 시간적인 단축만을 생각하는데 꼭 그렇다고만은 말할 수 없다. 처음 깨달았을 때나 필요한 때에 적극적으로 행동을 하는 것이 좋다. 아무 것도 실천으로 옮기지 않는다면 깨달았다고 말할 수 없다. 컴퓨터와 같이 인간이 만들어낸 현대과학의 최첨단을 차지하는 것이라도 움직이지 않는다면 그저 고철 덩어리에 불과하기 때문이다.

지금의 자기에 머물고 싶지 않다면 타이밍을 재어 정확하게 또한 열의를 가지고 행동으로 반영시켜야 한다. 그것을 할 수 있는 사람에게 성공은 주어지게 마련이다.

성공은 **투자**를 한 자에게 주어지는 **훈장**

인간은 고생을 통해서 성장해 간다. 고생없이 정신적인 열매는 열리지 않는다는 톨스토이의 말은 너무도 정곡을 찌르는 말이다. 즐기며 하는 것은 좋지만 그저 편안함만을 추구한다면 자신의 것이 되지 않는다.

현대인들은 성격이 급해져서 금방 손에 넣을 수 있는 것만을 배우고 싶어한다. 하지만 무슨 일이 있어도 배우고 싶은 것이 있다면 편한 곳으로 도망가려고 하지 않기 위해 애쓰는 강인함이 필요하다. 직장에서도 일이 조금이라도 어려워지면 기다렸다는 듯이 다른 회사로 직장을 옮기는 사람이 있는데, 그래서는 언제까지나 신입사원만을 반복하다가 끝날 뿐이다.

고생으로 투자하자. 기획 발표가 제대로 되지 않아 부끄러울 때도 있다. 하지만 그것을 두려워한다면 항상 지금 그 자리에 머물러 있어야 한다. 대체로 타인의 실패를 오랫동안 기억할 만큼 기억력이 좋은 사람은 이 세상에 어디에도 없다. 부끄럽다고 생각하는 사람은 자기 자신뿐이다. 이런 작은 난관이 모여 성공이 이루어지며, 인생은 그 사람의 노력에 맞는 결과를 가져다 준다.

자동차는 달리는 데에 장해가 되리라고 생각되는 마찰로 인해 더욱 잘 달리게 된다. 또한 땔감을 주 에너지원으로 했던 시대에 러시아에 이런 말이 있었다.

"불을 때려면 연기를 참아야 한다." 혹독하게 추운 러시아에 잘 어울리는 말이라고 생각한다. 나무로 불을 때지 않는 오늘날에는 이 말이 그리 피부에 와 닿지 않을지 모르지만 말이다. 그러나 이 교훈은 원자력이나 석유를 에너지원으로 사용하고 있는 지금에도 크게 다르지 않다고 생각한다.

유명한 한 여가수가 데뷔하기 전에 있었던 이야기이다. 그녀는 시골의 작은 고등학교를 졸업하고 밑반찬 통조림의 염분 분석과 관련된 직장에서 일을 했다. 그 때부터 노래를 좋아해 노래 모임에 들어갔다고 한다.

그 모임에 있던 한 남자가 그녀의 노래를 듣고 프로가 되어도 손색이 없다고 생각했다. 그리고 노래를 테이프에 녹음하여 방송국으로 보냈고 마침내 그 당시 유명하던 아마추어가 부르는 노래자랑 프로그램에 나갈 것이 결정되었다.

도전의 날 그녀는 계속해서 승승장구하여 결국 결승에까지 올라가게 되었다. 그리고 결승전에는 그녀가 제일 좋아하는 노래를 불러 결국 대상을 차지하게 되었다.

그 때 지금은 세상을 떠나고 없는 유명한 작곡가도 그 자리에 있었다. 그는 프로로서의 날카로운 감각으로 그녀의 뛰어난 재능을 발견하고 그리고 그녀에게 이런 말을 해주었다.

"다른 곳에서 섭외가 들어와도 나에게 모두 맡기고 있다고 하세요."

그녀는 그렇게 해서 유명한 작곡가의 제자로 들어가게 되었다. 그러나 말은 제자였지만 처음에는 개의 산책이나 운전 같은 잡일만을 시켰다. 당연히 좀처럼 연습에도 참가시켜 주지 않았다. 한밤에 시내에 주차를 시켜 놓고 선생님이 나올 때를 기다리고 있자니 주위에 같은 세대의 젊은이들이 즐거운 듯이 거니는 모습이 싫어도 눈에 저절로 들어왔다.

"저들은 참 좋겠다. 그런데 나는 이런 데에서 뭐하고 있는 거람."

한창 좋은 나이에 제대로 즐기지도 못하는 자신의 처지를 한탄했다. 그러나 십 년 후에 웃으면 된다 하고 스스로를 위로했다고 그녀는 말한다. 그리고 오로지 성실함과 피나는 노력으로 제자로서 잡일을 계속했다.

그런 사이에 1년이 지났다. 그리고 그녀도 서서히 노래 연습에 들어갈 수 있게 되었다. 그렇다고는 하지만 발성법 등 기초적인 훈련으로부터 데뷔에 이르기까지 그녀를 기다리고 있었던 것은 엄격한 훈련의 연속이었다. 하지만 노래 연습에 낄 수 있다는 사실만으로도 예전과 비교하면…… 하는 생각이 엄격한 연습을 견디게 해주어 오히려 지금의 고난을 감사히 마음속으로 받아들이고 가수의 길에 전념했다.

다음해 그녀는 계속해서 히트곡을 내어 드디어 스타덤에 오르게 되었고 지금은 수많은 팬들의 사랑을 한몸에 받고 있는 유명가수로서의 인생을 보내고 있다.

정말로 사람들과의 만남은 언제 어떻게 될지 모른다는 그녀의 말처럼 테이프를 보내준 모임의 회원, 그리고 작곡가 등과의 만남은 지금의 그녀를 만들어준 성공 요인이라 하겠다. 그러나 오늘날의 그녀의 화려한 모습 뒤에는 훈련 시절부터 인기 가수가 될 때까지 여러 가지 고난의 파도를 넘었던 즉, 고생이라는 투자에 대한 훈장이 있지 않은가?

모든 분야의 제일선에서 활약하고 있는 사람에게는 그에 상응하는 고난의 과정이 있었을 것이다. 아무리 어려운 일이나 괴로운 일이라도 장래에 크게 성공하는 사람은 그것을 보란 듯이 참아 넘긴다. 반대로 말하면 인생에서 성공하느냐 성공하지 못 하느냐는 그 한 가지만을 보면 알 수 있다는 말이다.

10

그저 **마음**의 **문제**라고 간단히 말하지 말라

관심을 가지면 실력도 좋아진다는 말이 있다. 하기 싫어하는 일을 억지로 한다면 아무리 고생을 한다 하더라도 그에 상응하는 만족할 만한 성과를 거두지 못한다. 독서를 하더라도 좋아하는 분야, 좋아하는 저자의 책을 골라 읽다 보면 그로 인해 독서 자체에도 점점 흥미를 갖게 된다.

말도 안 되는 소리라고 가볍게 생각하면 안 된다. 현재 각 분야에서 권위자라는 소리를 듣는 사람, 일선에서 활약하고 있는 사람들은 거의 그 분야에 대해 의의와 즐거움을 찾아내고 노력을 쌓아 오고 있는 사람들이다. 어쩔 수 없어서라든지 하기 싫지만 억지로 하고 있다고 말하는 사람은 거의 드물다.

무슨 일이든 그 분야에 대해 지식을 넓혀 가다 보면 점점 재미가 생겨나 결국에는 그것에 몰두하게 된다. 완전히 빠져 버리는 사람들도 있다. 인간의 행동에는 정신적인 면이 크게 영향을 주기 때문에 즐거움을 발견하면 행동력에 가속도가 붙게 된다.

육체적인 피로도 심리적인 면에서 나온다고 전문가들은 말한다. 하기 싫은데 억지로 하면 짧은 시간에 크게 피로감을 느낀다. 와그너는 이렇게 말한다.

"일을 할 때에는 기분이 최고로 좋은 상태에서 하라. 그러면 일도 잘 되고 몸도 피로하지 않다." 세상에는 자기 스스로 불안을 만들어 내는 사람이 있는데 그보다 불행한 일은 없다. 처음에 느끼는 불안감을 극복하기 위해서는 흥미가 있는 곳에서부터 시작하는 것이 좋다. 그렇게 해 가는 과정에서 그 외의 곳에도 점점 재미가 붙어 마치 고속도로를 달리는 듯한 기분이 든다. 돌파구가 보이기 시작하게 된다. 또한 저항이 적은 곳에서부터 시작하는 것도 좋은 방법이다.

놀이와 달라서 일은 어떤 것이든 제일 처음에는 힘든 것이 보통이다. 그러므로 달성했을 때의 충족감과 그에 따라 얻게 되는 만족감이 더욱 커지게 된다. 그리고 또한 일에도 흥미가 솟구치고 즐거워지게 된다.

아침의 인사 전화상의 한마디 등 간단한 것이라도 게임이라 생각하고 그 다음에는 더욱 잘 하겠다고 생각한다면 모든 것이 즐거워진다. 인생이 장밋빛으로 보이게 된다.

일을 즐겁게만 할 수 있다면 일은 자신을 빛나게 해 준다. 그에 따라서 지금의 자신으로부터 탈피하여 인생이 더욱 풍요로움으로 가득 차게 된다. 그것은 모두가 당신 자신의 마음먹기에 달려 있다.

인생과 관련된 모든 것들은 하나도 쓸모없는 것이 없다. 모두가 성장의 종자를 품고 있기 때문이다. 그것을 싹트게 할 수 있을지 없을지는 당신 자신이 결정할 일이다. 되돌릴 수 없는 소중한 인생이다. 자, 어떻게 할 것인가?

11

일에도 **목표**가 필요하다

사람은 어떤 종류의 자극에 의해 감동하거나 하고자 하는 의욕이 솟구치게 된다. 그러나 시간이 흐르면 이렇게 고조된 기분이 점점 사그라지게 된다. 그것은 육체적인 피로만이 원인이 되지는 않는다. 심리적으로 어느 지점에 도달하면 지속하고자 하는 힘이 약해지기 때문이다.

그러나 아무리 육체적으로 피로하다 하더라도 골인 지점이 확실히 보이기 시작하면 인간은 또다시 힘을 갖기 시작한다. 마라톤 경기에서 그 예를 찾아볼 수 있다. 두 시간 여를 빠른 속도로 달려 육체적으로는 피로의 극한점에까지 다달아 있는데 42.195 킬로미터가 가까워 오면 달리는 속도는 오히려 더 빨라진다.

일이나 흥미, 그리고 그 이외의 모든 행위에 있어서도 구체적인 목표를 가지면 사람의 마음은 더욱 활기를 띤다. 예를 들어 지금 어떤 상황에 처해 있다 하더라도 고지가 눈앞에 보이면 자신도 모르게 힘이 솟는다.

당신은 지금 무엇을 목표로 노력하고 있는가? 만일 당신이 지금 비즈니스맨이라면 승급이나 승진이 가장 커다란 목표일 것이다.

이것은 대단히 중요한 일이다. 될 대로 되라는 식의 안이한 생각으로는 만족할 만한 효과를 얻을 수 없으며, 주위 사람들에게 피해만 줄 뿐이다. 칭찬받고 싶다. 장래에 이렇게 되고 싶다, 인정받고 싶다, 혹은 지금의 일을 창조적으로 해보고 싶다는 등의 개인에 따라서 다양한 욕망이 있을 것이다. 무엇이든 좋다. 그것을 진심으로 원하는 것이 중요하다. 할 수 있다면 주위 사람에게 그것을 선언해야 한다. 그렇게 하면 자신의 하고자 하는 의욕에 불을 당길 수 있다.

목표를 정할 때 주의해야 할 점이 몇 가지 있다.

1. 자신의 역량 +a(알파)를 목표로 정하라.

목표가 너무 높으면 무력감을 가지게 되고 너무 낮으면 자신의 마음을 자극시키지 못한다. 자신의 평균적인 레벨보다 약간 상향 조정하는 것이 성공의 요령이다.

2. 마감 시간을 정하라.

기획서 등도 마감 시간이 없으면 좀처럼 잘 써지지 않는다. 운동경기도 시간을 5초 당기겠다는 등의 구체적인 목표를 정해야만 의욕이 생기게 된다.

3. 중간 목표를 정하라.

장기적인 것이나 복잡한 것은 한번에 완성할 수가 없다. 그것을 완수하기 위해서는 대단한 끈기와 노력이 필요하다. 그러므로 도중에 단념하지 않기 위하여 중간목표를 정해두면 중간 중간에 성취감을 느낄 수 있어 훨씬 수월해진다.

4. 장기적인 목표를 세워라.

장기 목표가 없으면 단기 목표에 압도당할 우려가 있다. 즉, 일시적인 어려움에 쉽게 좌절하게 되어 도중에 포기하게 된다.

그러나 장기적인 목표가 있으면 이런 일시적인 장애물이나 사소한 문제들은 얼마든지 극복될 수 있다.

역경을 극복하고 나면 그것이 자신을 넘어지게 하는 돌이 아니라 성공의 길에 디딤돌이 된다는 사실을 깨닫게 될 것이기 때문이다.

이상과 같이 목표를 정하고 어떤 일을 달성하려 해도 어딘가 잘 안 되는 부분이 있으면 당초의 목표조차 거두지 못하게 된다. 또한 목표가 불명확하거나 너무 추상적이면 중간에 갈 곳을 잃고 방황할 수도 있다.

더욱이 이것이 인간적 성장, 인생 전반에 걸친 일이라면 심리적으로 불안함 등을 느끼게 되어 잘못된 목표로 인해 인생을 망칠 수도 있다. 따라서 제일 먼저 분명히 알 수 있도록 목표를 구체적으로 정하고 신경이 쓰이는 부분에서부터 시작을 하는 정도가 가장 좋다.

12

자신의 안에 있는 **성공**의 **열쇠**를 발견하라

사람은 누구나 자기 자신에게 어울리는 한두 가지의 장점을 가지고 있다. 이것을 안다면 자신에게 주어진 자기만의 장점이므로 크게 늘릴 수도 있다.

소나무에 소담스러운 꽃을 피우기는 현 단계에서는 어렵다. 바이오의 기술이 발달된다면 그렇게 될지도 모르지만 화려한 빨강이나 혹은 파란색의 꽃은 그 나무나 풀에 정해져 핀다. 게다가 소나무는 커다랗게 꽃봉우리를 만들지는 못하지만 관상용으로서 분재를 할 수 있는 이점이 있다.

당신에게도 반드시 어딘가에 그와 같이 훌륭하게 활용할 수 있는 특징이 있을 것이다. 즉, 지금의 자신을 최대한으로 살려 간다면 반드시 무엇인가 성공의 실마리를 잡을 수 있다는 말이다.

"안 된다, 안 된다."하고 스스로 자포자기해 버리는 사람을 주위의 누가 도와주겠는가? 또한 정말로 자기는 안 된다고 믿고 있다면 심리적으로 더욱더 위축될 뿐이다. 자기 파괴적 관념에 자신을 몰아넣는다면 정말로 벽에 부딪혔을 때 그 자리에서 멈추어서 주저앉고 말기 때문에 결코 생산적인 인생을 보내지 못한다. 파괴적으로까지 가지는 않더라도 혼자서 끙끙 앓다가 마음의 병에 빠지는 사람도 있다. 정말로 안타까운 일이 아닐 수 없다.

자신의 인생은 자기 스스로 만드는 것이다. 다시 말하면 인생은 자기가 어떻게 하느냐에 따라서 어떻게 되느냐가 결정된다. 자, 훌륭한 인생을 위한 원동력이 될 만한 자신의 좋은 점을 찾아내자. 그리고 그것을 보다 크게 키우기 위하여 한발 한발 착실하게 걸어나가 보자.

A씨는 20여 년간 일 년에 200 회 정도 강연, 강의를 해오고 있는 프로 활력 인스트럭터이다. 그의 이야기에는 감동이 있고, 폭소가 있고, 마음을 일깨워주는 교훈이 담겨 있으며 독특한 분위기를 가지고 있어 모든 듣는 사람들로부터 대단히 호평을 받고 있다. 인간의 애환을 생생하게 표현하는 그의 이야기를 듣고 있다 보면 모든 사람들이 그의 팬이 된다. 참으로 알 수 없는 매력을 가진 사람이다.

30년 전에 그는 시내의 한가운데에서 작은 음식점을 하고 있었다. 그리고 그 지역의 상점회의 청년부 부회장을 맡고 있었다.

어느 날 회의를 할 때의 일이다. 급한 일로 회장이 출석을 하지 못하게 되었다. 그래서 갑자기 부회장이었던 그에게 연설의 기회가 주어졌다. 여러 가지 직업을 거쳐 왔다고는 하지만 지방 출신인 그로서 여러 사람들 앞에서 마이크를 잡는 것은 만만치 않은 일이었다. 앞으로 나가기는 했지만, 처음 해보는 일이라 온 몸이 부들부들 떨려 나중에는 자기가 무슨 말을 하고 있는지조차도 모르는 채 그럼 이만 하고 이야기를 끝냈다. 일제히 많은 시선이 자리에 앉은 그에게 쏠렸다. 그 때는 정말 얼굴이 빨개졌다고 그는 당시 상황을 되돌아본다.

A씨는 얼마 후 자신의 한심스러움에 패배감마저 들었다. 그렇게 괴롭게 고민을 하고 있는 도중, 전철 안에서 연설학원의 광고를 우연히 보게 되었다. 그는 그 길로 학원에 찾아가 등록을 했다.

한동안 공부를 하는 도중 정말로 말을 잘 하는 사람은 말을 잘하지 않는다는 사실을 깨닫게 되었다. 재치 있는 이야기나 논리정연한 연설만이 좋은 연설의 전부가 아니라는 사실을 점차로 알게 되었다. 그리고 조금 마음이 편해졌다.

자신은 논리적인 이야기는 잘 못해도 지금까지 거쳐온 다양한 직업을 통해서 많은 고생을 해 왔기 때문에 정에 호소하는 이야기라면 잘 할 자신이 있었다. 그리고 그것만으로도 충분히 사람들의 마음을 사로잡을 수 있다는 것을 알고 그는 자기가 연설을 하는 것에 대해 자신감이 생기는 것을 느낄 수 있었다. 자신감이 생김으로써 자신의 장점을 확실하게 발견하게 되었다. 다양한 직업이나 사회적 입장에 있는 사람들의 생활 실태를 구체적으로 생생하게 묘사할 수 있는 그것이 그가 가지고 있는 장점이었다.

이 점을 발견하고 또한 선배들의 어드바이스를 참고하여 이야기했다. 그러자 자기 앞에서 이야기를 듣고 있던 청중들이 눈을 반짝이며 이야기를 경청하고 있는 것이 아닌가? 몇 번이고 이와 같은 경험을 해 나가는 사이에 그는 나는 이것으로 인생의 승부를 걸겠다고 하는 확신을 갖기에 이르렀다고 한다.

프로가 되고 처음에는 하나의 화제라도 자신의 것으로 만들기 위하여 수십 회고 실전연습을 해 가면서 진짜 연설로 들어갔다. 그것을 반복하는 사이에 연설도 점점 그 빛을 더해 갔다. 그러다 보니 자신도 모르는 사이에 인기가 높아져 강의 횟수가 현저하게 늘어났다.

프로가 되고 30년 지금은 책까지 펴내고 있으며 전국을 누비며 굉장히 바쁜 하루하루를 보내고 있다.

하지만 상점회의에서 얼굴이 빨개졌을 때, 도대체 그 누가 그가 활력 인스트럭터로 먹고 살게 되리라고 예상했을까? 사람은 엉뚱한 곳에서 자신의 장점을 발견하게 된다. 게다가 그의 경우는 자기가 가장 자신없다고 생각했던 것에 도전하여 거기에서부터 자신의 장점을 찾고 인생을 찾아내었다.

무슨 일이든 "안 된다, 안 된다." 하고 결정지으면 바로 그 시점에서 모든 일은 끝나 버린다. 그 상황에서부터 빠져나올 수 없게 된다. 그와 같이 당신도 자신이 가장 자신없다고 생각하는 곳에서 우연한 기회에 성공의 열쇠를 찾을 수 있게 될지 모르는 일이다. 그렇게 되면 이런 일을 할 수 있을까 하고 고민해 온 과정이 모두 쓸데없는 시간 낭비에 불과해진다는 사실을 알게 될 것이다.

스피노자가 말했듯이 "자기가 할 수 없다고 생각하는 동안에는 인간은 그것을 하고 싶지 않다고 마음으로 정하고 있다."는 말은 사실이다.

자신을 보물섬이라고 생각하자 그리고 밖으로만 향했던 눈을 안으로 돌려 자기 자신을 들여다보자. 자신 안에 있는 보석을 찾아내는 순서로 성공을 차지하게 될 것이다.

13

결단을 내릴 때가 시작하기 가장 좋은 때다

자동차를 운전하는 사람이라면 알겠지만 처음 달리기 시작하자마자 갑자기 최고속도를 낼 수는 없다. 처음에는 조용히 움직이기 시작하여 서서히 가속도가 붙어 속도가 빨라진다. 경사를 내려갈 때에도 처음에는 천천히 가다가 나중에는 점점 속도가 빨라진다.

일에서도, 인간적 성장이라는 면에서도 이것은 달라지지 않는다. 가만히 있으면 아무것도 일어나지 않지만 무슨 일이든 조금만 움직이기 시작하면 그 자체가 동적 에너지로 전환한다. 커다란 것을 움직일 때에 이런 경향은 더욱 강해진다.

예를 들면 효과적으로 이야기를 하고자 마음먹었다면 먼저 머리나 복장을 정돈하고 단상에 설 것, 또한 연설하는 장소에서는 안정된 태도를 취할 것 등 누구나 다 할 수 있는 것에서부터 시작하는 것이 좋다. 갑자기 구성에 낭비가 없게 한다고 논리적인 이야기부터 일목요연하게 이끌어 간다면 많은 무리가 생긴다. 먼저 자신이 할 수 있는 것부터 확실히 해야 한다. 그러면 그 후의 일은 어떻게든 저절로 되어 간다.

그러므로 무엇인가 시작할 때에도 남들과 비슷하다고 생각하면 일단 해 보자. 거기에서 새로운 자신의 인생이 펼쳐진다. '안 되지 않을까?', '나는 도저히', '원래 나는 그런 일을 해 보지 않아서' 하고 행동으로 옮길 것을 포기하지 말고 할 수 있는 것에서부터 손을 대야 한다. 그러다 보면 열의도 생기게 되고 재미도 붙게 된다.

그러나 때로 우리들은 무엇인가를 행동으로 옮기고자 할 때 의욕이 약해진다. 그 이유는 그 행동이나 결과에 대해 불안감이 있기 때문이다. 또한 자신의 힘의 한계를 초월한다는 등의 생각을 하게 되면 지레 겁을 먹고 시작할 힘을 잃고 주저하거나 행동을 멈추게 된다.

불안감을 불러일으키는 것은 수치심, 공포심, 소외감, 불이익, 불투명, 무기력, 무책임 등이다. 이들 장해를 없애기 위해서는 어떻게 해야 좋을까?

기본적으로는 저항을 배제해 갈 만한 힘, 투쟁심, 강한 욕망이 필요하다. 인간은 본질적으로 욕망을 충족시키고자 움직인다. 그것을 원하는 욕망의 강한 정도가 행동으로 나타난다. 그것은 어려움이나 고생으로부터 피하지 않는 결심이다. 사명감, 그리고 불타는 의지이다. 또한 도전의 정열을 가지고 있는 것을 말한다.

스스로 손을 들고 포기를 해서는 안 된다. 인생의 출납장부에는 적자란 있을 수 없다. 노력하는 사람은 반드시 보답이 있다. 그리고 결단을 내릴 때가 시작하기에 가장 좋은 때이다. '이제 나이가 들어서' 하고 자신을 합리화하는 것은 비겁하다. 무엇인가를 시작하는 데에 있어서 나이는 관계가 없다. 무엇인가를 성취하기를 바라는 사람의 인생에 지각이란 있을 수 없기 때문이다.

감기에 걸렸다고 해서 일어나지 않으면 점점 이불속으로만 파고들게 될 뿐 나을 기미가 보이지 않는다. 그러나 일단 자리에서 일어나 보면 실제로는 그리 대단하지 않은 경우가 있다. 이렇듯 행동으로 옮기면 하나의 저항이 무너져 그 흐름을 타고 작업은 순조롭게 흘러가게 된다. 그것을 더욱 효과적으로 하기 위해서는 그것에 집중할 수 있도록 일의 순서를 정하는 것이 좋다.

앞에서도 말한 바와 같이 자동차도 갑자기 기어를 최고로 올리는 사람은 없다. 높이뛰기, 넓이뛰기도 갑자기 발판에서 뛰어올라 신기록을 수립하는 것은 제아무리 초능력자라 해도 불가능하다. 무슨 일이든 단계가 있다. 그것을 염두에 두고 먼저 다음과 같은 것을 시험해 보면 어떨까?

★ 쉬운 것에서부터 어려운 것으로

★ 단순한 것에서부터 복잡한 것으로

★ 예전에 체험한 것에서부터 처음하는 것으로

★ 단시간 내에 처리할 수 있는 것에서부터 장시간을 요하는 것으로

★ 필요한 것에서부터 지금 당장은 필요하지 않은 것으로

★ 잘하는 것에서부터 못하는 것으로

그렇게 한다면 점점 재미도 생기게 되고 자신감도 갖게 되므로 기분도 좋아지게 된다.

도전의 용기도, 계속하고자 하는 끈기도, 먼저 행동으로 옮긴 후에 역으로 생기게 된다. 뜻한 대로 잘 이루어지지 않는 일일수록 그것을 실현하게 되었을 때의 성취감이란 그 어떤 것에서도 느낄 수 없는 뿌듯함을 맛보게 된다. 오늘 하루를 어떤 것에서부터든 행동으로 옮겨 보자. 그것은 반드시 장래에 자신의 실력이 될 것이다. 그리고 그것이야말로 자신을 성장시켜 성공을 거머쥐기 위한 가장 최고의 확실한 방법이 되어 줄 것이다.

14

자신의 **잘못**을 **충고**해 줄 사람을 갖는다

자신을 변화시키고자 한다면 먼저 자신이 지금 어떤 사람인가를 알지 않으면 안 된다. 현재의 자신의 모습을 똑바로 아는 것이 바로 변화하기 위한 첫걸음이기 때문이다.

그러나 사람은 많은 장점이나 고쳐야 할 결점을 가지고 있으면서 정작 자기 자신은 깨닫지 못한 채 살아가게 마련이다. 이렇게 계속해서 살아가다 보면 자신을 성장시키기란 어렵다. 성장은 자신의 단점을 아는 것에서부터 시작된다. 자신의 결점을 알기 위해서는 야단을 맞는 일 즉, 충고를 받는 것이 가장 효과적이다.

야단을 쳐주는 사람을 가까이 두기 위해서는 타인의 충고에 대해서 겸허하게 귀를 기울일 줄 알아야 한다. 그 자리에서뿐만이 아니라 다음날 만났을 때, "어제는 충고해 주셔서 정말로 고마웠습니다." 하고 감사의 말을 전할 수 있을 정도의 인간성을 가지고 있지 않으면 안 된다. 아무리 마음 속으로 감사를 한다고 하더라도 구체적인 행동으로 나타나지 않는다면 상대에게 전해지지 않는다. 가장 적극적으로는 감사의 편지를 보낼 정도의 성실함이 있어야 한다. 그렇게 하면 신뢰 관계는 깊어지고 선의의 충고자를 많이 곁에 둘 수가 있게 마련이다.

K교수는 잡지, 신문, 라디오, TV 등의 다방면에서 활약을 하는 바쁜 사람이다. 벌써 꽤 오래 전 이야기이지만 필자의 연구소의 강사들의 모임에 그 교수를 불러 이야기를 들은 적이 있다.

끝나고 나서 그의 강의 평가에 대하여 그때 수강을 한 연구소 강사들을 상대로 앙케이트 조사를 했다. 그가 그 결과를 꼭 읽어보고 싶다고 하여 나중에 정리해서 보내기로 했다. 그때 그 내용을 간단히 요약해 보면 다음과 같다.

★ 손을 주머니에 찔러넣는 습관이 있다.

★ 어미가 올라가 마치 장사하는 사람의 어조처럼 들린다.

★ 세로 쓰기가 많아 읽기가 어렵다.

★ 클라이맥스가 없어 이야기가 잡다해진다.

그 외에도 전문가로서의 다양한 의견들이 있었지만 그 중에는 상당히 당사자가 듣기에는 실례되는 내용도 있었다. 그러나 그 교수는 이 내용에 상당한 흥미를 가짐과 동시에 "앙케이트 평가를 받아보니 제쪽에서 훨씬 공부가 됩니다. 이 다음에는 강연료는 필요 없으니 강의 후에 비평을 해주는 것을 조건으로 다시 한번 강연을 할 기회를 주십시오."라고 말했다. 그 말에 다음 강연을 부탁한 적이 있었다.

많은 사람은 비판을 받으면 감정적이 되거나 극단적으로 불쾌한 듯이 얼굴을 찌푸리지만 필자는 오히려 K선생의 인덕과 더 높은 곳으로 향상하고자 하는 의욕에 압도될 수밖에 없었다.

그가 많은 사람들로부터 환영과 존경을 받으면서 활약하고 있는 비결을 그때서야 비로소 알게 되었고, 지금까지도 그에 대한 인상이 강하게 남아 있다.

자신에게 있어서 최고의 무형 재산을 아낌없이 제공해 주는 충고자에게 감사하자. 그러면 진정으로 인간관계를 넓힐 수가 있어 결과적으로 자신의 인간성도 좋은 평가를 받게 된다.

"당신은 지금까지 인생에 있어서 가장 자신에게 크게 야단을 쳐준 사람은 누구라고 생각합니까?"라는 질문을 받는다면 어떻게 대답할까?

지금까지 여러 번 같은 질문을 젊은이들에게 해 보았다. 대부분의 사람은 아버지, 어머니 등 자신의 부모를 들었다. 그리고 몇몇은 형제, 친구, 선생님, 상사 등을 들었다. 이것을 보면 사람은 전혀 모르는 사람으로부터 충고를 듣는 일은 거의 없다는 것을 알 수 있다. 조금 극단적으로 말하면 이것은 상대가 자신과 관계가 없는 모르는 사람이라면 어떻게 되어도 상관이 없으며 그저 스쳐 지나가는 사람은 어떻게 되어도 상관이 없다고 생각한다. 그러나 가까운 사람, 호의를 가지고 있는 사람에 대해서는 그대로 방치해 두면 더 악화될지도 모른다고 예상되는 상황이 벌어지고 있을 때 그저 보고만 있을 수는 없지 않을까? 진정한 애정은 버릴 수 없는 것이다. 사람은 사랑하기 때문에 충고를 한다. 야단을 치는 것은 애정의 바로미터라고도 말할 수 있다.

당신은 지금 야단을 쳐 줄 만한 사람을 몇 명이나 가지고 있는가? 구체적으로 그들의 이름을 들어가며 세어 보자. 진정으로 야단을 쳐 줄 수 있는 사람이 있는가? 만일 아무도 없다면 당신은 지금까지 헛살아 왔다고 생각해야 한다.

직장에서도 학교에서도 아니면 어떤 단체에서라도 상관없다. 진정으로 야단을 쳐 줄 수 있는 사람이 있다면 그 사람이 바로 자신에 대해 진심으로 애정을 가지고 있는 사람이며 당신과 진정한 인간관계를 형성하고 있는 사람이라고 생각해도 좋다. 결국 야단을 친다는 것은 상대에게 당신은 잘못되었다고 말하는 것이다. 그러므로 잘못하면 "그래서 어쩌겠다는 거야."하고 화를 내거나 생각지도 못한 반응이 되돌아올 수도 있다. 그것이 두려워서 웬만한 일이 아니면 사람들은 타인의 결점이나 잘못을 지적하지 않는다. 그래도 말을 해주는 것은 당신의 잘못을 그대로 보아 넘길 수가 없다는 깊은 우정이나 애정의 발로라고 생각하고 감사히 받아들이자.

야단을 치는 것은 좋은 지침이며 깊은 격려이지만 결과적으로는 스스로를 되돌아볼 수 있는 기회나 선의의 힌트가 되는 의미로 작용하기 때문에 자기 탈피를 위한 최고의 방법이라고 해도 좋을 것이다.

괴테의 말 중에도 "자신을 과대평가하지 않는 사람은 자기가 생각하는 것보다도 훨씬 뛰어나다."는 말이 있다.

순수하게 충고를 받아들이면 그 충고가 길잡이가 되어 실수를 미연에 방지할 수 있을 뿐 아니라 자신의 실력을 넓힐 수 있는 가장 적절하고 확실한 기회가 될 것이다.

15

단 하나의 결점이 자신의 전부가 되는 공포

사람이 다른 사람을 평가할 때 그 사람의 장점보다 단점을 중심으로 해서 채점을 하는 경향이 있다.

한 가지든 백 가지든 결점이라는 것은 눈에 띄기 쉬워 인상에 오래도록 남는다. 예를 들면 타인의 이야기를 들을 때에도 잘 생각해 보면 너무나 좋은 내용이지만 말이 불분명하거나 목소리가 작아서 자신이 없는 듯이 보이거나, 설득력이 떨어진다고 생각할 수도 있다. 또한 보통 사람들보다 훨씬 업무 능력이 뛰어남에도 불구하고 그에 걸맞는 평가를 받지 못하는 사람도 있다. 지각 상습범이라는 등의 스티커를 붙이고 있기 때문이다.

자신이 타인을 평가하는 입장이 되었을 경우에는 한 가지만으로 그 사람의 전체적인 것을 파악하려 하는 단편적인 시선을 가지지 않도록 주의를 해야 한다. 하지만 반대로 평가받는 입장이 되었을 경우 자신에게 있는 그런 마이너스 요소가 하나라도 있다면 다른 사람들은 그것이 자신의 모든 것이라고 판단한다고 생각하자. 따라서 그런 부분에 대해 노력하지 않으면 다른 사람들로부터 의외의 평가를 받게 되고 또한 타인을 잘못 평가할 수 있는 불행을 낳게 된다. 그런 불상사를 없애기 위한 최고의 방법은 자기 스스로 깨닫지 못하는 결점이나 단점을 알아야 한다.

인간은 자신에게는 너그럽고 다른 사람에게는 엄격하게 대하는 것이 보통이다. 그러므로 일반적으로 나는 이대로 좋다라고 체념하거나 이렇게 할 수밖에 없었다 하고 자기 자신을 합리화시키고자 한다. 하지만 타인으로부터 그것만 없으면 좋은 사람이라고 생각되어지는 면은 누구나 가지고 있다. 그것을 알려주려고 하는 사람은 귀중한 존재임에도 불구하고 많은 경우 그런 사람을 안 좋게 생각하거나 피하려는 경향이 있다. 극단적인 경우에는 적으로 만들어 버리는 사람도 있다.

자신의 단점이나 결점을 솔직하게 인정하기 위해서는 상당한 용기와 인내가 필요하다.

결점을 용감하게 지적해 주는 사람을 가지기 위해서는 최소한 지적받은 말에 대해서 반사적으로 반론하거나 화를 내지 말아야 한다. 그러나, "하지만", "왜냐 하면", "그건 말이지요.", "아닙니다." 등의 말로 금방 반발하는 사람이 있다. 자존심이 극도로 강한 사람이나 타인의 말을 새겨들을 마음의 여유가 없는 사람이다. 어찌되었든 그런 반응을 보인다면 이야기는 그 자리에서 그대로 멈춰서고 만다. 지적해 준 사람은 다시는 지적해 주지 않겠다는 불쾌감을 떨쳐 버릴 수가 없게 된다. 타인의 결점이나 단점, 잘못을 지적하기에는 대단히 용기가 필요하다. 상대방은 그래도 이야기해 주고 싶다고 생각하고 있는데 그 사람을 적으로 만들어 버리는 것은 참으로 바보 같은 짓이다. 한 연구소의 소장이 말한 바와 같이 악마의 가면을 쓴 자신의 응원자를 적으로 만들어 버리는 일이 없도록 해야 한다.

그러면 실제로는 어떻게 해야 좋을까?

★ 미처 몰랐습니다. 죄송합니다라고 솔직하게 사과를 하자.

★ 책임을 회피하여 그렇지 않습니다. 나 혼자만이 아닙니다 등의 말은 하지 말라.

★ 감정적이 되어 "하면 되잖아." 하고 따지지 않는다.

★ 억지를 부리지 않는다. "선배도 옛날에는 그랬잖아요." 하는 식으로 반발하는 것은 어리석은 짓이다.

★ 누가 말하는가가 아니라 무슨 말을 들었는가에 주목하자. 그렇게 하면 다소 듣기 거북한 충고도 받아들이기 쉽게 된다.

대답을 잘하는 사람 중에는 대체로 순수한 사람들이 많다고 한다. 젊은이들의 순수함이나 솔직함을 이것으로 판단하는 사람들도 있을 정도이다.

16

내일의 예습보다 **오늘**을 **복습**하라

"이야기를 잘 하기 위해서는 어떤 점에 노력해야 좋을지 한 가지만 들어 주십시오."하는 질문을 자주 받는다. 나는 주저하지 않고 "말을 한 후에 원고를 써 두시오."하고 대답하곤 한다. 그렇게 말하면 "끝난 다음에 말이에요? 끝난 다음에 해서 뭐합니까?"하고 대부분의 사람들은 반론을 제기한다.

그 때의 이야기에만 한해서 말하면 맞는 말이다. 하지만 장기적인 안목을 보고 활력을 집어넣는다는 의미에서는 그 원고가 다음의 기회부터는 도움이 된다. 그 원고를 본보기로 적어 정리해 두면 완전히 처음부터 생각하기보다는 하기 쉽고 체험을 구체적으로 살릴 수도 있다. 그 때마다의 목적이나 모임의 상황에 따라서 그 원고에 무엇인가 부족하거나, 예나 말을 바꾸거나 전체의 배열을 바꿔 그 때의 이야기에 맞는 원고를 다시 작성할 수 있다.

이야기하기 전에 머리 속으로만 생각해 두기보다, 이야기를 한 후에 실수한 것이나 순서를 잘못했다거나 이렇게 하는 것이 좋을 텐데 하는 것, 표현을 더 연구해야 할 것, 예를 바꾸는 것이 좋겠다고 생각하는 것 등을 분명하게 할 수 있다. 이것이 자신의 이야기를 체크하고 다음에 도움이 되게 한다는 면에서 굉장히 효과가 있다. 나중에 문뜩 생각난 것을 집어넣고, 원고를 다시 정리하여 보관해 두도록 하는 것이 좋다.

호세이 대학의 전 총장이 말한 '생애서생(生涯書生)'은 참으로 명언이다. 인간은 생애에 당면한 필요한 일들을 하면서 여러 가지 것들을 배워가면서 걸어간다는 의미이다. 예견을 하고 행동을 하는 경우도 있지만 많은 경우 행동한 후에 수정을 해 가면서 살아가게 마련이다.

인간은 어디까지 가더라도 완벽하게 되기는 어렵다. 어쩔 수 없이 평생토록 배우며 살아가야 한다.

그 가르침과 같이 어떤 일에 실패를 했다면 그것을 개선하기 위해 노력한다. 문제점을 의식할 수 있다면 다음부터 예방책으로 다른 방법이라도 사용할 수가 있다. 이에 따라서 많은 실수나 잘못을 미연에 방지할 수가 있다.

일에서는 단연 우수하지만 술버릇이 나쁜 사람이 있었다. 어느 때 완전히 고주망태가 되어 난동을 부리거나 근처 상점의 쇼윈도를 깨, 많은 금액을 변상하기도 했다. 그리고 주위 사람들의 손가락질을 받았다.

그는 다음부터 일 이외의 회식이나 모임자리는 정중하게 거절했다. 그러나 너무나 마시고 싶을 때에는 다른 사람에게 피해가 가지 않도록 혼자서 조용히 마시도록 했다. 그래서 예전과 같은 실수를 저지르지 않게 되었다.

이것은 괴로운 체험을 스스로 체크하여 어떻게 하면 좋을까를 생각하고 실천한 예라고 할 수 있다. 그리고 그는 어쩔 수 없이 빠질 수 없는 자리라면 마신 잔의 수를 세어 자신의 적량만을 마시도록 주의를 기울였다. 이후 주위 사람들로부터 손가락질을 받는 일은 없었다고 한다.

행동한 후에 체크해 두면 그것을 참고로 하여 다음부터 비약적으로 자신을 한층 높은 차원으로 끌어올릴 수 있게 된다. 물론 머리 속에서 나중 일을 구축해둘 필요는 있지만 장기적인 성장이라는 점에서 볼 때 이것은 확실하고 효과적인 방법이다.

모든 일은 행동이라고 하는 실제 체험을 통해서만이 선명하게 보이게 된다. 또한 자신의 실수 체험뿐만이 아니라 앞에서도 말한 바와 같이 타인의 실수로부터도 많은 것을 배운다. 그것이 가장 현명한 방법이다.

17

진짜 **개성**이라면 이런 곳에 **승부**하라

"복장이나 스타일은 마음의 인상이다."라고 쇼펜하우어는 말을 했다. 복장은 인공적으로 만든 그 사람의 인격이라고 말해도 좋다. 외형은 내면의 표출이라는 말은 사람은 외형을 통해서 그 사람을 평가한다는 말이기도 하다. "옷이 점잖지 못하다.", "모자를 쓰고 방에 들어오다니……", "머리 손질을 하시오.", "제복을 입고 와." 등의 말을 하면 이런 말을 듣는 사람은 바로 개성이 없어진다는 말로 반론을 제기한다. 그 자리에서 그 사람에게 "개성이 무엇인지 정의를 내려 보시오." 하고 말하면 곤란하다는 표정을 짓는다. 기껏 설명을 하더라도 "그 사람의 특징입니다." 하고 말을 하는 정도이다.

타인에 대해서 자신의 의견을 이야기할 때에는 사전에 그 말은 어떤 의미로 말하는가, 이른바 개념 정의를 분명히 해두어야 한다. 특징은 개성의

한 요소이다. 그렇다고 해서 특징이 모두 개성으로 불릴 수 있을까? 손님을 상대로 장사를 하는 사람이나 직장에서 장발이나 돌발적인 복장은 현실적으로 어렵다. 그와 같은 사람들은 다른 사람과 다른 특징을 가지고 있다고 한다면 그렇다고 말할 수 있다. 하지만 이것을 개성이라고는 말하지 않는다.

학생이 바지를 엉덩이에 걸쳐 입거나 속옷이 보일 정도로 내려입은 학생들도 있다. 이런 힙합 패션을 개성이라고 말할 수 있을까? 그것은 절대로 아니라고 생각한다. 개성이 있는 사람이란 유행을 따르는 사람을 뜻하지는 않는다. 또한 반대로 혼자 좋아서 제멋대로 하는 행동적 특징을 야성이라고 부른다.

어떤 사람은 인사하는 방법이 제대로 되어 있지 않다. 인사는 일반적으로 30도에서부터 45도 정도로 해야 한다. 허리가 구부러지지 않기 때문에 고개만 까딱이는 사람도 있다. 신입 사원교육에서 몇 번이고 연습을 해도 제대로 고쳐지지 않는 사람들도 있다. 이와 같은 특징도 개성이라고 말할 수는 없다. 이것은 버릇이라고 한다.

야성이나 버릇을 개성이라고 말한다면 개성은 필요없다. 개성이란 사회적으로 세련된 발전적인 특징을 말한다. 개성이라는 것은 한번 올바른 형태를 갖춘 후에 그것을 깨는 것이다. 처음부터 올바른 형태를 몸에 익히지도 않고 제멋대로 하는 야성이나 버릇과 헷갈려서는 안 된다. 진정한 개성을 닦자. 그것이 현대를 살아가는 사회인에게 없어서는 안 될 자질의 첫 번째이다.

보다 중요한 것은 외형이 거꾸로 마음을 규제한다는 사실이다. "마음은 형태를 구하고, 형태는 마음을 조절한다."는 말이 있다. 나들이 때나 입는 화려한 옷을 입은 채 길가에 주저앉아 이야기를 나누는 사람은 없다. 또한 실제로 거리에서 턱시도를 입고 나비 넥타이를 한 사람들이 외국 영화 속에서나 나올 듯한 멋있는 폼으로 영화 주인공처럼 싸움을 하는 모습을 필자는 아직 본 적이 없다.

주위에 사람이 있든 없든 신경쓰지 않고 서로 주먹질을 하거나 소리를 지르는 사람들을 보면 대개가 복장이 불량하다. 혹은 머리가 제멋대로이거나 건달 같은 헤어스타일을 해서, 한번 보고도 평범한 일반 사회에 통용될 수 있는 그런 외형을 하고 있지 않다는 것을 잘 알 수 있다.

인간적인 매력을 몸에 익히고 싶다면 먼저 복장, 머리 모양, 와이셔츠, 구두, 넥타이 등 외형에 주의를 기울일 필요가 있다. 단정한 복장은 무언의 자기소개서이다.

내면만 알차면 복장은 아무래도 상관이 없다. 말초적인 것에 불과하다. 중요한 것은 성실함이다 등의 말을 하는 사람들도 있다. 내면의 아름다움,

성실함의 중요성에 이론을 제기할 생각은 추호도 없다. 그저 하고 싶은 말은 그런 말초적인 외형조차 해결하지 못하지 않는가 하는 점이다.

좀더 말하자면 이것은 복장뿐 아니라 태도와도 깊이 연관된 말이다.

언젠가 지방의 한 상공회장으로부터 이런 이야기를 들은 적이 있다.

K화장품 회사가 그 지역의 화장품가게 주인들과 지역 관계자들을 모아 놓고, 캠페인을 위해 파티를 열었다. 처음에 사장과 간부들의 인사가 있고, 계속해서 신제품에 대한 설명을 한 후 간담회를 한다는 그런 내용이었다.

그러나 사장의 인사말이 있는 동안 평소의 피로가 몰렸는지 단상에 앉아 있던 전무가 고개를 끄덕이며 졸기 시작했다. 상공회장은 '이렇게 무례한 일이 있는가. 우리들은 열심히 듣고 있는데 자기 회사의 사장이 인사말을 하는 동안 전무가 앉아서 졸다니, 사장을 존경하지 않는 전무가 있는 회사를 어떻게 믿겠는가!' 하고 생각했다고 한다. 그 후에 이 전무가 "우리 회사의 제품은 타사와 비교할 수 없을 만큼 훌륭한 것이므로 앞으로도 저희 회사의 OOO판매에 보다 많은 협조를……" 하고 부탁했지만 상공회장을 비롯하여 여러 화장품 상점에서 그 회사와 거래를 끊었다고 한다.

외형적인 성실함이 얼마나 중요한가 이 예를 보면 잘 알 수 있을 것이다. 괴테가 말한 "성실해지면 질수록 문제를 일으킨다."의 '성실'이란 자기 자신에게 성실하다는 의미이다. 그러므로 사람을 접하는 면이나 인간성이라는 면에서 성실함은 상대방에 대해서 가지지 않으면 안 된다.

외형으로부터 내면으로 좁혀 오는 방법도 효과 있는 노력의 하나이다. 어디에서 시작해도 같은 곳에 이르게 될 것이다.

18

아인슈타인마저 놓친 발상의 함정

역사에 남은 위대한 물리학자로 상대성원리를 확립한 아인슈타인이 동양인은 키가 작으므로 사는 집도 작을 것이라고 생각했다고 한다. 이 말을 책에서 읽은 적이 있는데 굉장히 흥미 있는 말이었기에 아직도 인상에 남아 있다. 하지만 이러한 발상은 상식적인 것이 아닐까? 작은 사람에게는 작은 집, 아인슈타인마저도 그렇게 생각했다니 그렇게 말하는 편이 옳을지도 모르겠다. 그러나 그것은 잘못된 생각이다. 실제로 키가 큰 사람이 많은 나라의 집들과 크게 다르지 않다. 동양을 방문한 그는 그 사실을 알고 깜짝 놀랐다고 한다.

이와 같은 발상은 일반적이지만 이것은 우리들이 어느 한 곳에 몰두하면 자신의 맹점은 잘 깨닫지 못한다는 것을 잘 말해주고 있다. 자신을 변화시키기 위해서는 만일 그렇게 되지 않으면 어떻게 될 것인가 하고 전혀 반대되는 측면에서부터 찾아보게 된다. 혹은 조금 관점을 바꾸어 볼 필요가 있을 때도 있다.

정원수에 단풍나무를 심었는데 봄에 새잎이 나올 때에는 너무 예쁘지만 가을에 그 잎이 다 떨어져 나중에는 귀찮다고 말하는 사람들이 있다. 그렇다고 해서 정원에 상록수만을 심어야 할까? 반드시 그렇지만은 않다. 버라이어티가 풍부할 때가 더 좋은 그런 때도 있다.

낙엽의 뒤처리가 곤란하다고 하지만 그 낙엽을 어떻게 활용할까 하는 관점에서 생각해 보면 발상을 전환시킬 수 있다. 낙엽은 비료에 가장 좋다. 이것을 비료로 썩히면 부엽토로서 고급 유기비료를 만들 수 있다.

불경기로 직원들을 감원하려고 하는데 지금까지 성실하게 협력해준 많은 사람들을 그만두게 하기가 정말 괴롭다고 말한 사람을 보았다. 경제가 어려운 때일수록 사람을 줄이는 것만을 생각하기보다 이 사람들을 어떻게 해서든 활용할 수 있는 방법이 없는가를 생각해 보자. 많은 사람을 일하게 할 수 있는 새로운 분야에 진출할 수는 없는가 하고 역으로 생각해 볼 수도 있는 일이다.

예를 들어 통근시간이 하루에만 3시간이 걸려 공부할 시간을 만들지 못한다고 불평을 하는 사람이 있는데, 그것보다 통근시간을 공부시간으로 활용할 수 있는 방법을 적극적으로 생각해 보는 것이 훨씬 현명한 일이다.

샐러리맨은 자신이 몸 담고 있는 분야에만 관심을 기울이다 보면 시야가 점점 좁아지게 된다. 시대의 다양성, 여러 가지 관점의 존재를 자기도 모르는 사이에 스쳐 지나가지 않도록 하기 위하여 항상 스스로 인식해야만 인생에 있어서 새로운 지평을 열 수가 있다.

세상 일에는 전혀 다른 각도에서 생각하는 방법이 있으며, 그 가치 부여는 그 사람, 그 목적에 따라서 다르다는 것을 자각하는 것이 중요하다. 세상을 다양한 각도에서 볼 수 있는 능력이 없다면 유혹에 빠질 수도 있다.

역발상을 할 수 있게 되기 위해서는 먼저 자신의 고정관념, 관점의 제한으로부터 벗어날 필요가 있다. 그러기 위해서는 "왜", "어째서", "그래도 될까", "반대되는 관점, 생각은 없는가". "뒤집으면 어떻게 되는가" 등등 항상 자기 자신에게 물어야 한다.

완벽하게 올바른 것은 없음에도 불구하고 "맞습니다.", "이의 없습니다." 하는 등의 말을 하는 사람들이 있다. 이렇게 자신의 의견없이 상대의 이야기를 들어주기만 하는 사람은 자기성장을 스스로 막는다. 언제나 다른 사람의 의견에 일일이 반론을 걸 필요는 없지만 검증을 하고 자신의 것으로 만드는 것이 책임 있는 현대인으로서의 자질이라고 할 수 있다.

우리들은 항상 자기 자신에게 묻지 않으면 안 된다. 만일 모두가 그렇다면 어떻게 될 것인가 하고 사르트르는 말했다. 이것은 우리들이 무엇인가를 생각할 때 크게 도움이 될 만한 사고방식이라고 생각한다.

또한 사실을 정확하게 파악하고자 한다면 상식을 뒤집는 것이 도움이 되는 경우도 있다. 가령, 세일즈맨은 말을 잘 하는 사람일수록 실적이 좋다고 생각하는 경향이 있지만 그것은 사실과 다르다.

많은 사람은 영업 활동을 말로 하는 직업이라고 생각하기 쉽지만 원래 교섭이라는 것은 자기가 가진 정보는 최소한 적게 흘리고 상대방으로부터 최대한도로 정보를 얻어내는 능력이라고 말할 수 있다. 그러므로 상대방이 말을 많이 하도록 유도하기 위하여 한마디를 하더라도 상대의 반응에 맞추어 말을 하는 것이 좋다. 이렇게 생각해 보면 세상에서 소위 말하는 과묵한 사람이 의외로 말이 많은 사람보다 훨씬 실적이 좋다는 것을 알 수 있다. 이처럼 사실 관계로부터 따져 간다면 올바른 이해에 도달하게 된다.

발상을 전환하기 위해서는 자신이 한 말에 대해서 적극적으로 의견을 구하는 것도 대단히 중요하다. 다시 말하면 반론, 반발의 집중포화를 받기를 두려워해서는 안 된다. 이렇게 해서 자기가 자기에 대해서 몰랐던 점, 전혀 다른 잘못된 관점을 깨닫게 된다. 생각의 전환을 통해서 지금까지와 다른 발상이 탄생하게 된다. 부디 실천해 보기 바란다.

13

어떻게 하면 **180도 다른 각도**에서 볼 수 있을까

어느 날 아침에도 필자는 2시가 지나 잠에서 깨어 라디오를 들었다. 새벽에 심하게 흔들리는 지진이 있었기에 라디오의 볼륨을 높였다.

고베지역에 강한 지진이 왔다는 방송이 있었다. 때때로 강도가 더욱 높아진다는 이야기도 들려왔다. 정보가 상당히 혼란스러운 상태라는 생각이 들었다. '피해 보고 없음' 이라는 말이 한동안 계속되었다. 꽤 큰 지진이었는데 피해가 없다니 다행이군 하고 생각하면서 TV를 켰다.

한 시간쯤 지나자 피해 상황이 계속해서 방송되었다. 그리고 여기저기에서 화재가 일어난 모습이 헬리콥터의 카메라를 통해 브라운관으로부터 생생하게 전달되었다. 해당 지역의 피해자에 대한 위로의 마음과 동시에 헬리콥터로부터 전해지는 생동감 넘치는 화면에 지진의 두려움을 다시금 절실하게 느끼게 되었다.

헬리콥터가 아니었더라면 찍을 수 없는 각도로 전해지는 피해 상황을 보며 여러 가지 생각이 머리속을 교차하며 필자는 아무 말도 하지 못하고 그저 TV를 보는 데에 여념이 없었다. 저 화면이 없었더라면 지진의 두려움을 실감하지 못했을 지도 모른다고 잠시 생각했다.

얼마 후 한 다큐멘터리 작가가 인터뷰를 하는 도중에 의외의 이야기를 전달받았다.

그의 친구가 그 지역에 있는데 다방면으로 찾다가 간신히 연락이 닿아 전화를 하게 되었다는 이야기였다. 그런데 그 친구는 갑자기 울부짖으며 말했다.

"너희들은 뭐냐. 헬리콥터가 날아다니면 살려 달라는 구원의 소리가 들리지 않게 되지 않느냐!" 하고…….

이 이야기를 듣고 깜짝 놀랐다. 필자는 헬리콥터 덕분에 생생한 보도를 전달받게 된 근대성의 좋은 점만을 생각하고 있었기 때문이다. 그 작가의 친구가 한 말을 생각해 보니 그 때까지 생각하지도 못한 헬리콥터로부터 전해받는 영상만을 찬양하던 자신의 단순함에 반성했다.

그 작가는 "다큐멘터리는 항상 유죄이다."라는 말을 했다. 방송 뿐만이 아니라 문장을 쓰는 경우에도 어쩔 수 없이 다른 사람의 일을 써야 할 경우가 있다. 어느 종류의 모델로서 인용해야 할 경우 등 말이다. 그러나 다큐멘터리인 이상 창작하여 완전한 거짓말을 쓸 수는 없는 일이다. 글이라 해도 합리화될 수 없는 부분이 있다. 그러므로 다큐멘터리에는 항상 자신에 대한 날카로운 반성이 필요하다.

여하튼 하나의 사실 속에는 여러 가지 측면이 있다는 사실을 잊어서는 안 된다. 수소 H와 산소 O를 화합시키면 언제나 H2O의 물이 된다는 것은 자연과학의 세계이다. 인문, 사회과학의 세계에서는 그런 식으로 분명하게 나눌 수 없는 일이 너무도 많이 있다.

모든 일은 여러 가지 측면이 있으므로 서로 플러스가 되는 면에서부터 보도록 해야 한다. 인간적인 매력이라는 점에서 이야기하더라도 무엇인가에 대해 마이너스 측면으로부터 사물을 보고 항상 그에 맞는 자세를 취하여 어둡고 여유 없는 표정을 하고 있다면 다른 사람이 보았을 때 그리 기분 좋은 표정이 아니며 무엇보다도 본인에게 전혀 플러스가 되지 않는다. 마음이 가난해질 뿐이다. 가령 어떤 일이 잘 안 되어 간다고 하더라도 실패에 대한 수업료라고 생각하면 마음이 편해진다.

풍향도 언젠가는 변한다. 기다리면 언젠가 쥐구멍에도 볕들 날이 있게 마련이다. 실패했더라도 포기하지 않고 도전하는 마음가짐이 필요하다. 그것을 할 수 있다면 자신의 '벽' 은 언젠가 반드시 깨진다. 자신의 인격도 자라게 된다. 그러면 따라서 인생도 변해 간다.

많은 일은 **순서**를 정해 **계획적**으로 완수한다

어떤 일을 완성해 내는 데는 일정한 시간이 필요하다. 예를 들어 자신의 실력으로 보았을 때 3시간에 할 수 있는 작업이 있다. 작업이 효율적으로 이루어지기까지는 일정한 시간이 필요하기 때문이다.

즉, 일의 질과 시간을 잘 조절하여 하는 것이 중요하다 하겠다. 일도 한꺼번에 하지 않으면 문제가 생기는 일과 몇 번으로 나누어서 해야 능률이 오르는 일이 있다. 같은 일을 계속하다 보면 심적 포만감으로 심리적으로 피곤해지는 경우가 있다. 그런 때에는 도중에 기분전환을 해야 할 필요가 있다.

어느 강사 그룹에 유능한 비서가 있었다. 그녀의 작업 속도는 놀라울 정도로 빨라서 조금 과장되게 말하면 신입사원 3명 분의 일을 매일 하고 있다고도 말할 수 있을 정도였다.

강사들의 일정 관리가 주된 업무인 그녀는 일을 정리하는 방법, 분류하는 방법이 너무 뛰어나 능률적으로 작업을 해 나가는 것이 몸에 배어 있다. 이 경우로부터 우리들은 현명하게 일을 하기 위한 몇 가지의 힌트를 얻을 수 있을 것이다.

그녀는 출근하면 먼저 비슷한 종류의 일을 모아 진행의 순서를 정한다. 그리고 하루의 작업량을 대충 정하여 제각각 대강의 작업 예상 시간을 정해 그것을 목표로 작업을 진행시켜 간다. 또한 그날에 하기로 된 일은 중단하지 않는다. 잔업을 해서라도 마지막까지 끝내 놓고서야 퇴근을 한다.

대충 분류를 해 보면 다음과 같다.

★ 강연 장소와 연락, ABCD 4건, 확인과 내용 조정, 예약 접수 결정, 그 외

★ 결정한 강연 장소까지의 왕복 교통기관과 방법을 확인 하거나 수배

★ 컴퓨터로 문서작성과 복사 등 작업 9건

★ 우편물 발송, 우체국에 2번(11시, 16시)

★ 스크랩 파일 작업 14시경

★ 당일 접수받은 일의 처리, 잔업에 관한 작업 내용과 처리

이와 같이 대충 정해 두고 합리적으로 작업을 하고 시간을 효율적으로 사용하고 있다. 이 때의 작업을 구체적으로 적는다.

★ 캐비닛에서 강연 파일을 꺼내어 상대측과 사전 협의를 한다. 일정 확인과 그 내용의 조정, 물론 처음 접수받았을 때에 정하지 않은 건에 관한 내용이다. 가능한 이중 작업이 되지 않도록 처음 접수받을 때에 이것을 결정하는 것이 중요하지만 그때에 구체적으로 결정할 수 없었던 일정, 얼마간의 예약 및 후보일을 들었을 경우 등 그것을 확인한다. 희망 내용을 구체적으로 듣고 그 내용을 강사에게 연락한다.

★ 이미 결정된 강연장소에 왕복하기에 가장 적절한 교통수단 및 방법 등을 시각표를 보고 결정하고 여행사 등에 티켓을 의뢰한다. 이것은 한 가지씩이 아니라 한 번에 여러 건을 정리해서 처리한다. 혹은 다른 사람의 것까지 모아서 수배하는 일도 있다. 그렇게 하면 조직 전체에서 낭비가 없어진다.

★ 복사 등 같은 종류의 일은 같은 사이즈, 같은 매수 등으로 정리한다. 또한 긴 시간 혼자서 복사기를 차지하지 않기 위하여 다른 사람과의 조정을 생각한다.

★ 우편물이 나와도 그때마다 발송하기 위해 외출하지 않는다. 속달, 서

류 등 특별한 것을 제외하고 사내의 전체 우편물을 한꺼번에 모아 시간을 정해서 발송한다. 또한 보통, 속달, 서류, 소포 등으로 분류하여 기록을 요하는 것 등을 정리하여 시간적으로나 경제적으로 낭비가 없도록 한다.

★ 스크랩 등은 그때그때마다 하지 않는다. 양이 적으면 2, 3일마다 한꺼번에 파일에 정리한다.

이와 같은 방법으로 일을 진행한다. 제각기 직장의 사정, 작업의 질 등이 다르므로 같은 방식으로 통일시킬 수는 없으므로 자신의 직장에 맞는 방법을 찾아내어 활용하도록 하자.

같은 작업이 너무 오랫동안 계속될 경우 기분전환을 필요로 할 때도 있다. 2시간 정도 하고 우편물을 보내기 위해 외출을 하는 것도 좋은 방법이다. 그 때 단순작업이나 파일링 등은 휴식 시간 전에 하도록 하며 휴식 후 일이 그런 작업으로 인해 방해받지 않고 진행되므로 전체적인 일의 능률면에서 볼 때 효과적이다.

앞에서도 말했듯이 연속하면 3시간에 할 수 있는 일이 있다고 하자. 그 중 2시간 분의 작업을 먼저 끝내고, 남은 1시간 분, 즉 3분의 1을 내일 하겠다고 하면 남은 3분의 1의 작업은 한 시간에 할 수 없을 것이다. 그렇다면 그날은 2시간에 끝나는 일을 하고 다음날 3시간 분의 일을 하면 효과적이다. 이것이 합리적으로 작업을 하는 방법이다.

대개 일은 나누어서 하면 대부분의 경우 그 토탈 시간은 한꺼번에 하는 것보다 많은 시간을 필요로 하기 때문이다. 관리자의 경우는 잡일 등에 손을 대지 않는 것이 중요하다. 누구나 할 수 있는 일은 부하들에게 시키는 것도 하나의 능력이다.

숙련된 신문배달원은 여기저기 흩어져 있는 배달처를 잘 배달하기 위하여 어느 길로 어떻게 지나가면 된다는 등을 사전에 계산한다. 언뜻 보기에 단순한 작업처럼 보이는 신문배달 일도 여러 가지 연구가 이루어지고 있다.

K씨는 담당지역이 결정되면 그 지역의 지도에 배달처를 표시하고 같은 지역 내에서 어느 집부터 어느 집으로 배달해야 빠른가를 철저하게 연구했다. 큰 길에서는 복잡한 도로를 피하고 언덕이나 자동차의 통행량이 많은 방향을 피하여 코스를 결정하여 다른 사람들과의 시간적인 차이를 두었다.

인간 행동의 모든 면에서 말할 수 있는데 육체적인 작업이라도 머리 쓰기 나름이라고 생각하는 것이 좋다. 다른 사람들과 똑같이 한다면 다른 사람만큼도 될 수 없다는 점을 명심하자.

자동차를 운전하는 사람이라면 교통 정체가 자주 일어나는 길을 피하는 것이 상식이다. 마라톤의 선수라면 다음 커브를 의식하여 가능한 짧은 코스를 달린다. 이것을 인생이라고 하는 긴 시간에 걸쳐서 활용해야 한다.

머리를 써야 한다. 그 작은 차이가 오랜 인생의 관점에서 볼 때 커다란 차이가 되어 나타난다. 필자는 지금 원고지를 향해서 자기계발에 관한 것을 한 장 한 장씩 쓰고 있다. 눈에 보이지 않는 한 장의 종이가 6, 7장으로 늘어나고 어느새인가 한 권의 책 분량이 된다.

만일 조금이라도 자기를 성장시키고 싶다면 머리를 써서 가능한 낭비를 없애도록 해야 하며, 플러스 알파로서 무엇인가를 첨가하도록 생각하지 않으면 안 된다. 젊음은 두 번 다시 돌아오지 않는다. 자신에게 있어서 후회 없는 인생을 살아 가자.

21

시계로 잴 수 없는 **시간**으로 **승부**할 수 있는가

인간의 자산 중에서 가장 중요한 것은 시간이라고 사람들은 말한다. "나는 50년간 이 일을 해 왔다." 등등 시간의 물리적인 길이를 자랑하는 사람이 많다. 분명히 50년간 같은 일을 한다면 그 나름대로 익숙해졌을 것이다. 그렇지 않다면 지금까지 살아오지 못했을 것이라고 말할 수 있다. 하지만 시간이란 지나간 시계로 잴 수 있는 물리적인 길이만이 문제는 아니다. 그것은 그저 생존한 길이에 지나지 않는다. 중요한 것은 그에 따라서 형성된 것, 그것에 의해 만들어진 것, 그것에 의해 사람에게 영향을 준 것이다. 그리고 얼마나 자신의 벽을 뛰어넘어 인간으로 성장했느냐 이다. 그처럼 활용한 시간을 인생의 시간이라고 한다. 생존 시간과 인생의 시간이 같은 것은 아니다.

어느 유명한 축구 선수는 모든 장소, 모든 기회마다 자기를 계속해서 단련시켜왔다고 한다. 지하철을 타서도 절대로 자리에 앉지 않고 손잡이도 잡지 않고 서서 평행감각을 익혔다. 차창밖으로 보이는 간판 등을 읽으며 재빠른 상황 판단 훈련을 했다. 길을 걸을 때에는 자전거가 몇 대 지나가고 있는가, 타고 있는 사람이 남자인가 여자인가를 순간적으로 파악했다. 또한 조금 위험하지만 지나치는 행인과 부딪치기 직전에 갑자기 피한다. 이처럼 모든 것을 축구 훈련과 연결을 지었다.

이것은 우리들도 배워야 할 점이다. 가령 영어 회화 공부를 하고자 할 때에는 언제나 단어장을 가지고 걸어다니거나 테이프를 들으면 일상생활을 영어회화와 연결지을 수 있을 것이다. 일상의 시간을 사용하며 돈도 들이지 않고 충분히 자기훈련을 할 수 있다.

그러면 어떻게 해야 시간을 최대한 활용할 수 있는가? 누구라도 할 수 있는 방법을 세 가지 들어보겠다.

첫 번째 시간 낭비를 무조건 없앤다. 사람은 누구나 평등하게 하루에 24시간을 보내고 있다. 신이 준 것 중에 이것만큼 평등한 것은 없다. 그것을 어떻게 활용하느냐가 문제이다. 거기에서 바로 인생 시간의 차이가 나오게 된다.

★ 집중주의 – 어떤 일에 열중했을 때 다른 일에 신경을 빼앗기지 않도록 해야 한다. 이렇게 해야 한 가지 일에 열중할 수 있으며, 이렇게 해야만이 마음으로부터 바라던 것을 이룰 수 있는 길이라고 할 수 있다. 지하철 안 등에서 열중해서 책을 읽는 것도 그 한 가지이다.

★ 동시원칙 – 어느 시간에 두 가지의 것을 동시에 할 수 있는가 아닌가도 하나의 노력이다. 그렇게 말하면 집중주의와 모순되는 것 같지만 그렇지 않다. 주위에 낭비되는 시간이 얼마든지 있다. 그것을 없애야 한다. 적극적으로 살릴 수 있는 방법은 얼마든지 있다.

- 휴식 시간, 막간을 잘 활용한다.
- 이동 시간, 기다리는 시간을 공부로 보충한다.
- 누구나 할 수 있는 잡일에 시간을 허비하지 않는다.
- 정말로 필요하지 않은 문서작성이나 발송 등은 없앤다.
- 불필요한 TV프로는 보지 않는다.
- 놀이나 술자리를 거절할 용기를 갖는다.

P씨는 차 안에서의 시간을 활용하기 위하여 2시간 빨리 집에서 나와 비어 있는 지하철의 자리에 앉아 공부를 하며 통근을 한다. 다른 사람과 다른 것을 달성하고 있는 사람들 중 대부분은 다른 사람이 모르는 곳에서 노력을 하고 있다는 점을 알아두기 바란다.

두 번째 자신을 보다 더 유효하게 활용하는 법 육체의 노동도 심리적인 것과 크게 관련되어 있다. 싫다고 생각하면 행동조차 하기가 싫어지며 마음먹기에 따라서 피로의 정도도 다르다.

★ 흥미 있는 것에서부터 시작하자 - 일도 공부도 처음에는 힘들다. 그 중에서도 흥미가 있는 부분에서부터 손을 대면 흥미가 없었던 부분까지 잘할 수 있다. 그렇게 하면 재미도 붙게 된다. 그 수준에 이르기까지 도중에 단념하지 말아야 한다.

★ 기분 전환을 시도하자 - 같은 일을 반복하면 심리적으로도 피로하다. 그런 의미에서 술을 좋아하는 사람은 술을 마시는 것도 좋다. 하지만 일을 할 때에는 기운이 없어하면서 술자리에서는 기운이 넘쳐 소리를 지르며 마시는 것은 좋지 않다. 기분 전환법으로서 다음과 같은 방법이 있다.

- 어려운 것에서부터 간단한 것이나 질이 다른 것으로
- 쓰는 것에서 읽는 것으로
- 머리를 쓰는 것에서 몸을 움직이는 것으로
- 차를 마시는 등 휴식을 취한다.
- 같은 일이라도 장소를 바꾼다.

세 번째 효율을 상승시키는 기술을 사용하라. 대응의 방법에 따라서 시간을 보다 효과적으로 사용할 수 있다.

★ 우선순위를 정하자 – 앞에서도 이야기했지만 일의 질과 시간을 잘 조화시킨다. 신경 쓰이는 것에서부터 매듭짓는 것도 좋은 방법이다.

★ 동질의 것은 한꺼번에 하자 – 서점에 갈 때에도 몇 번에 나누어서 가는 것보다 필요한 것을 한꺼번에 모아서 사오는 것이 좋다. 또한 경영 활동 등으로 같은 지역의 고객이 있다면 어느 시기를 선택하여 한 번에 방문하는 것도 하나의 방법이다.

이것을 잘 생각해 보면 알 수 있지만 시간을 관리하는 것은 자신을 관리하는 것이라는 점을 잊지 말자.

22

발상력이 풍부한 두뇌 만들기와 놀이를 위한 시간 할애

젊을 때에는 젊음만을 믿고 밤새도록 술을 마시거나 2차, 3차 계속해서 술집을 돌아다니기도 하지만 기나긴 인생 속에서 그 때 마신 술이 어떤 결과를 초래하는가에 대해서 신중하게 생각해 본 적은 없을 것이다. 그러나 밤새 술집에서 노래를 부르며 노는 생활 태도는 장래에 반드시 그 결과가 돌아온다는 것을 각오해 두어야 한다.

일요일마다 골프장에 가는 사람은 체력적으로 단련이 되는 경우도 있지만 두뇌의 성장에는 그다지 도움이 되지 않는다.

미국의 과학자이자 정치가인 벤자민 플랭클린은 "시간은 목숨을 형성하는 요소가 된다."는 말을 했다. 그 사람의 인생은 헤쳐나간 물리적인 시간의 길이라고 하기보다 생명의 질, 시간의 밀도에 따라서 산출되는 것이다.

놀이 그 자체는 기분 전환이 되며, 체력적으로 회복도 할 수 있으므로 한마디로 잘라 나쁘다고는 말할 수 없다. 하지만 재미있다고 하여 놀기만 한다거나, 맛있다고 하여 과식을 하거나 몸에 잘 듣는다고 하여 너무 과용하면 장해가 반드시 나타나게 되어 있다. 체력적으로도 두뇌적으로도 안정을 잃게 된다. 모든 것은 한도가 있게 마련이다.

많은 경우 인간은 편한 길을 걷고 싶어하므로 놀이에 빠지는 것은 자연스러운 일이다. 하지만 연휴 등에 언제나 놀기만 하는 사람과 그 때마다 의미 있는 시간을 보내는 사람과는 장래에 반드시 차이가 생긴다. 자신을 성장시키고 싶다면 놀이도 계획적인 관리가 필요하다.

술자리에 가면 취한 기분에 2차, 3차 등 끝을 모르고 다니는 사람이 있다. 때로는 거절할 용기가 필요하다. 싸움속에서 의미도 없는 동물적인 소리를 지르고만 있지 말고 아무도 없는 조용한 곳에서 혼자서 독서하는 시간을 가져 보는 것이 좋지 않을까? 활자를 통해서 소리없는 문자를 통해서 저자와 만나는 그런 시간을 잃어 가고 있다. 시간을 갖자.

동서양을 막론하고 따분해하는 병을 가지고 대성한 사람은 없다. 대개 따분해하는 사람의 얼굴은 빛을 잃고 있다. 생기를 잃어, 언제나 도피적으로 살아가므로 고생으로부터 피하려고만 한다. 이상하게도 고생으로부터 도망가려고 하는 적극성이나 두뇌의 움직임만은 둔해지지 않는다. 너무 많이 놀면 사람은 품성이 확실히 떨어진다. 뇌물을 받아 자리에서 물러나는 정치가들이 바로 좋은 예이다.

놀이와 일, 놀이와 공부의 밸런스를 잘 맞추지 않으면 어딘가에 어긋나는 부분이 나오게 된다. 잘 노는 사람이 공부도 잘한다.

놀면 그에 맞게 일을 하든지 그만큼 공부에 전념을 해야 한다. 젊음은 여러 가지를 배우는 데에 시간을 충분히 할애하는 것이 중요하다. 이런 의식이 없다면 브레이크가 듣지 않는 차를 무모하게 운전하는 것과 같다. 인생에서 다른 것을 모두 잊고 어느 하나에만 전념하는 시기가 있는 것도 좋다. 그것이 자신의 인생을 크게 바꾸어줄 전기가 된다.

당신은 무엇에 열중하고 있는가? 그것에 전력을 다하고 있는가? 노력을 하면 반드시 결과는 따라오게 마련이다. 적어도 그 흔적이 남는다.

조화 있게 놀고, 공부하기 위한 하나의 방법으로서 논 시간과 일이나 공부에 열중한 시간을 기록해 두고 동연배의 사람과 비교해 보면 어떨까? 기록을 하지 않는다면 노는 시간을 가진 후, 반드시 공부를 하거나 독서를 하여 만회하도록 하는 것은 어떨까? 이것은 단기적인 것뿐 아니라 한 달 정도의 단위로 하는 것이 좋다.

효과를 **단계적**으로 늘려가기 위한 **독서법**

스피드로 통하는 현대사회는 무엇보다도 다양한 정보가 필요하다. 정보의 발원으로서는 매스미디어 외에 책을 읽는 것이 효과적인 방법의 하나이다.

교양을 쌓고 지식을 풍성하게 하고, 서로간의 인생이나 생활의 질을 향상시키는 방법으로서 다른 사람이 체험한 것이나 생각한 것을 언제 어디서든 민첩하게 손에 넣기 위해서는 독서가 가장 유용하다고 생각한다.

필자는 신문을 읽을 때, 제일 처음으로 책의 광고를 훑어보고 다른 기사들을 차례로 읽어 나간다. 업무상 당연한 일이지만 양서와 접하게 되는 기회는 그만큼 주의를 기울이지 않으면 만들기가 어렵다. 그래도 놓치는 경우가 있지만…….

단순히 독서량을 늘리기만 해서 되는 것은 아니다. 자신을 향상시키기 위한 독서라면 난독(亂讀)만으로는 충분하지 못하다. 양을 늘리는 데에도 한계가 있으며 지나치면 더욱 혼란만 가중시키기 때문이다. 이것은 쓸데없는 지식만을 늘어 놓은 요설이 되어 이야기의 무게를 떨어뜨리는 것과 같은 이치이다. 그러므로 좀더 낭비를 없애고 합리적으로 책을 선택하기 위하여 노력을 기울여야 한다.

같은 독서를 하더라도 지금 당장 필요한 목적을 이루기 위하여 하는 독서가 있고 넓게, 보다 장기적인 안목에서 도움이 된다는 점에서 장래를 목적으로 하는 독서가 있다. 또한 오락을 목적으로 하는 독서도 있다. 목적에 맞는 양서를 선택하는 것이 첫째 요소이다.

사람들 중에는 어떤 책을 읽어야 하는가 하는 질문을 받았을 때 "손에 잡히는 대로 책을 읽다 보면 반드시 자기에게 맞는 책을 만나게 된다." 하고 조언을 해주는 사람이 있다. 이런 방법으로는 읽는 것에 습관이 생긴다고 하는 장점은 있지만 무책임한 말이다. 업무상 상사에게 보고할 때에도 필요하지 않은 정보까지 올린다면 오히려 상사의 일을 혼란스럽게 해 시간이 더 걸리게 된다. 독서에도 이런 배려가 필요하다. 한정된 시간이므로 가능한 낭비가 없도록 유요한 정보를 받아들이지 않으면 안 된다.

요즘과 달리 책이 그리 많이 출판되지 않았던 시대에는 글을 쓸 수 있는 능력이 있는 사람들만이 책을 냈다. 그러므로 출판된 책은 거의 대체로 내용에 무게가 있었다. 지금은 지명도가 높아지면 대필을 시켜 마치 자기가 쓴 것처럼 하여 출판을 하는 사람도 있다. 그런 책에 일관된 내용이 있느냐 없느냐를 따지는 것은 어렵지만 익숙한 프로가 쓰기 때문에 문장이 읽기 쉽다는 이유로 베스트 셀러가 되는 것은 생각만 해도 두려운 일이다. 시간이 아무리 많은 사람이라도 신뢰성이 의심되는 책은 읽지 않도록 주의하자.

필자는 책을 선택할 때 다음과 같은 점에 중점을 두고 있다.

★ 자기가 좋아하는 저자의 책을 계속 읽는다.

★ 신뢰하는 상사나 선배의 조언을 듣는다.

★ 동료나 친구 사이에서 화제가 되는 것 중에서 적절한 것을 고른다.

★ 관심 있는 테마를 찾는다. 같은 내용을 쓴 책을 연속적으로 읽는다.

★ 신뢰하는 집필자의 인용서, 참고 문헌을 읽는다.

★ 양심적이고 책임 있는 사람이 쓴 서평을 읽는다.

★ 서점이나 도서관의 사서와 상담을 한다.

★ 머리말, 목차로부터 저자의 생각, 내용의 윤곽을 파악한 후 선택한다.

★ 고전을 읽는다.

★ 동료나 상사, 선배의 집에 찾아가 서고를 보고 자기에게 없는 것을

보충한다.

★ 장래에 자신에게 필요하리라고 생각되는 책을 예상하여 사서 읽는다.

★ 베스트셀러를 일단 살펴본다.

★ 광고로부터 출판사, 저자, 주제를 선택하여 구한다.

★ 서점을 둘러보고 한 번에 많은 책을 구입하여 둔다. 그렇게 해서 독서의 분위기를 조성한다.

아무리 좋은 책을 많이 가지고 있어도 올바르게 읽지 않는다면 효과가 없다고 할 수 있다. 읽는 이상에는 우선 그 책 안에 쓰여 있는 것을 이해할 수 없으면 안 된다. 눈으로 읽어본 것만으로 그친다면 아무런 의미가 없다.

또한 많은 지식, 정보를 필요로 하는 지금과 같은 시대에서는 일부의 것이나 어느 한 분야만을 깊이 파는 것만으로는 부족하다. 당신의 입장, 역할에 맞추어서 독서량을 늘려 나가지 않으면 안 된다.

독서 시간을 많이 가질 수 있다면 그것에 비례적으로 당연히 많은 양을 읽고 깊이 이해할 수 있다. 또한 양을 늘려 어느 지점에 이르면 질이 높아진다. 하지만 비즈니스맨들은 독서 시간을 좀처럼 늘리기가 어렵다. 그렇다면 적은 독서 시간을 보다 효과적으로 활용해야 한다. 읽은 내용을 올바르게 이해하고 일이나 생활에 도움이 될 수 있도록 하기 위하여 효과적인 독서법을 전수하자.

좀더 구체적으로 독서법을 나누자!

독서 방법에도 여러 가지가 있지만 다음과 같은 방법을 예로 들 수 있다.

★ 정독법(精讀法)

시간을 충분히 두고 정신을 집중하여 읽는 것. 모르는 곳은 다시 읽거나 완전히 이해를 한 후에 다음으로 넘어 간다.

★ 기록법(記錄法)

중요한 부분, 기억하고 싶은 부분을 노트나 메모용지에 기록하면서 읽어 간다. 필자는 스피치, 강연 등의 내용에 인용하기 위해 이런 방법을 쓰는 경우가 많다.

★ 속독법(速讀法)

천천히 숙독하여 음미하며 읽기보다 중요한 곳만을 읽는 방법이다. 자연 진도가 빠르다. 잘 이해가 가지 않는 곳은 지나쳐도 된다.

★ 중점법(重點法)

자신이 흥미 있는 부분, 그 때의 목적으로 하고 있는 주제 등 중요한 점만을 발췌해 읽어 간다. 아주 중요하다고 생각하는 곳은 반복해서 읽는다.

★ 표시법(表示法)

속독법, 중점법과 병행하는 것인데 그 중요한 부분을 표시해 두는 방법이다. 자기가 알아볼 수 있도록 표시를 정해 마크해 둔다.

★ 재독법(再讀法)

중요한 곳이나 표시를 해둔 곳을 다시 한번 읽어 보는 방법이다. 바쁠 때 시간이 없을 때에 그 항을 접어두거나 종이를 끼워 둔다. 연필로 표시를 해 두고 나중에 반복해서 읽을 필요가 있는 곳은 금방 찾을 수 있도록 해둔다.

두뇌와 기억력 등을 좀더 효과적으로 할 수 있는 방법을 찾아내야 한다. 이것을 좀더 구체적으로 열거하면 다음과 같다.

요점을 잡아내기 위한 구체적인 방법, 효과적으로 독서를 하기 위한 방법을 열거해 보겠다. 이것은 필자 뿐만이 아니라 많은 강사나 집필자, 학자 등 지적 재산을 필요로 하는 사람들의 방법을 한 곳에 모아둔 것이다.

★ 소리를 내며 읽는다. 눈, 머리, 귀를 움직여 세 가지가 모두 상승 효과를 올릴 수 있도록 한다.

★ 목차, 머리말을 읽어 저자의 의도의 아우트라인을 파악한 후에 읽

는다.

★ 중요한 부분은 메모해 가면서 읽는다.

★ 표제, 큰 글씨, 밑줄이 그어진 문자에 주의한다.

★ 각 장(章)을 훑어 보고 목적에 맞는 부분을 중점적으로 읽는다.

★ 장황한 예문이나 반복되는 이야기는 뛰어넘는다.

★ 중요한 곳, 인상에 남기고 싶은 부분, 나중에 활용하고 싶은 곳은 색깔이 있는 펜으로 표시한다.

★ 단락별의 의미를 단락별, 장별로 정리하여 읽는다.

★ 온종일 그곳에만 매달려 있지 말고 휴식을 하며 기분 전환을 한다.

★ 친구와 독서모임 등을 만들어 감상, 이해 내용을 끌어내어 공동으로 학습한다.

★ 어느 단계까지는 집중하여 읽는다. 짧게 끊어서 읽지 않는다.

★ 몇 번 읽어도 이해가 가지 않는 책은 도중에 그만둔다.

★ 다른 사람과 주제를 정해 놓고 책을 다 읽은 후에 감상을 상호 교환한다.

★ 읽은 내용에 관한 생각을 서로가 이야기하고 반론, 동의를 해 가면서 내용의 이해를 깊이한다(이것을 디스커션이라고 한다).

24

집중력 있게 공부할 수 있는 **의무**의 **법칙**

독서를 효과적으로 하기 위해서는 혼자서만 책을 읽을 것이 아니라 여러 명의 사람과 함께 읽는 것도 도움이 된다. 어느 장소에서 여러 명의 사람이 모여 독서모임을 가지면 독서 효과는 한층 높아질 것이다.

독서회가 갖는 효과로서는 주로 다음과 같은 것들을 들 수 있다. 자기계발을 원한다면 이것을 목표로 적극적으로 참가하도록 하는 것이 좋다.

① 스스로 읽지 않으면 안 된다는 구체적인 목표를 갖게 된다. 인간은 행동의 구체적인 지침이나 목표를 가지게 되면 의욕이 솟구친다. 자신을 그곳으로 집어넣는다.

② 모두가 서로 인정하거나 격려하는 사이에 자연히 독서의 습관이 들게 된다. 그렇게 되기까지 계속해야 한다.

③ 독서회를 통해서 상호간에 못 보았던 점이나 잘못된 생각 등을 깨달

아 이해도가 높아진다.

★ 사회성을 기르게 된다. 타인의 체험이나 생각을 통해서 자기가 실제 체험한 적이 없는 세계를 알고 타인의 입장에 서는 것도 배운다.

★ 자신의 사고를 높일 수 있으며 어떤 사람과도 대화할 수 있는 여유를 가지게 된다. 평소에 사람들과 대화를 잘 하지 못하는 이유는 어떻게 이야기해야 할지를 모르는 데다가 이야기할 화제가 없기 때문이다.

독서회에서는 어떤 것에 대해서 의견을 교환하면 좋을까. 대표적인 것을 적어 보겠다. 이것은 모임의 목적에 따라 다르지만 일종의 경향으로서 생각해 보도록 하자.

★ 이 문장의 대의는 무엇인가?

★ 무슨 목적으로 무엇을 위하여 쓴 책인가?

★ 인상에 남는 부분은 어디인가?

★ 잘 이해가 가지 않는 곳이 있는가? 있다면 어디이고 그 이유는 무엇인가?

★ 제 O장의 OO페이지의 부분은 무엇을 말하고자 하는가? 다른 사람은 어떻게 생각하는가?

★ 이 책 안에서 구체적으로 살리고 있는 부분은 어디인가?

★ 이 저자는 이 책 이외에 어떤 책(기사)을 썼는가?

★ 어디에 찬성, 혹은 감명하고, 어디에 찬성할 수 없는가?

★ 같은 주제에 대하여 논하고 있는 사람이 있는가? 그것은 누구이며, 무슨 책(기사)에 나와 있는가?

독서회를 운영하는 데에 있어서 조심해야 할 점은 다음과 같다.

★ 원탁에 앉아서 한다. 의견 교환을 부드럽게 하기 위해서는 서로 마주 보고 하는 것이 이상적이다.

★ 앉는 순서는 자유롭게 하는 것이 정신적으로 편하다. 때로는 뽑기 등을 하여 앉는 것도 좋다.

★ 분위기를 만들기 위해 1 분 정도는 인사와 근황 보고 등을 하는 것이 긴장을 푸는 데에 도움을 준다.

★ 주제가 되는 책이나 문장의 선택은 모두의 제안에 의해 정한다. 모두가 흥미를 가지고 있는 테마, 혹은 관심을 가지고 있는 저자의 책으로 정하는 방법도 있다.

★ 윤독(輪讀)의 방법에도 궁리가 필요하다. 화제에 오른 문장을 적당하게 나누어 사회자가 지명하여 번갈아 가며 읽도록 한다.

★ 지명을 할 때에도 순서에 주의를 기울여야 한다. 처음 들어온 사람이

나 익숙하지 않은 사람에게 부담이 가지 않도록 배려하여 짧은 곳, 간단한 부분을 하도록 한다.

★ 잘못 읽었을 때 등의 경우에 자신감을 잃지 않도록 하기 위하여 살짝 어드바이스를 해준다. 또한 무안하지 않도록 거들어준다.

★ 숙제로 읽어 와서 모임에서는 즉석에서 의견을 교환하도록 하는 경우도 있다. 이러한 것을 통해서 많은 생각, 다른 삶, 다각적으로 유연하게 대처하는 법, 타인에의 배려 등을 배울 수 가 있다.

독서라는 목적 이외에도 집단행동에는 사람들의 다양한 면을 경험할 수 있는 장점이 있다. 이것은 자기 성장에서 빠뜨릴 수 없는 부분이다.

25

직접 부딪친 만큼 **확실**하게 **성장**한다

2차대전 직후 필자는 청년운동, 농민운동에 참가했다. 그 동안 2차대전 전부터 조합 운동의 지도자였던 분이 주체하던 공부모임에도 얼굴을 내밀었다. 거기에서 필자가 배운 것은 전쟁중에는 결코 배울 수 없었던 사회의 조직, 정치의 동정, 변증법의 해석, 인간의 욕망이나 윤리관에 대해서 그리고 연설법 등이 있었다. 필자는 그것들을 그저 놀라움과 환희를 가지고 받아들이고 있었다.

그 후 대학진학을 위하여 상경하고 난 후에도 필자는 여러 종류의 그룹에 소속해서 공부를 계속했다. 당시 필자는 저널리스트나 정치가가 되겠다고 마음먹고 있었던 때이므로 청년운동 이래 연설을 하기 위한 연구는 나름대로 계속하고 있었다.

공부회로서는 1958년 1월 한 학교에서 '대화술'을 수강한 친구들과 만들고 있던 이야기하는 공부모임에 참가하고 있었다. 또한 그 학교에서 '대화술'을 담당하고 있던 선생님이 주최하는 언론 과학연구소의 상급반을 수강하여 연구원이 되어 각종 공부모임, 합숙훈련 등의 일정에 거의 빠짐없이 참가하고 있었다. 그렇게 하고 있는 사이에 필자는 기존의 대화술에는 빠진 점이 많아 그 부분에 대한 정확한 해명이 필요하다고 느끼기 시작했다. 더 나아가 연구를 거듭하여 대화술뿐 아니라 화술이 필요하다고 생각하게 되어 나름대로 '화술이론'을 개발했다. 그리고 이어서 화술연구소를 설립하기에 이르렀다.

화술을 익히는 것이 이 사회를 진정한 의미에서 민주적으로 만들고 보다 많은 사람이 평화롭게 살아갈 수 있는 행복한 사회를 만드는 데에 도움이 된다고 확신하게 된 데에는 필자가 계속 돈과 시간을 투자해 온 여러 종류의 공부모임 덕택이다. 대학에서는 정치경제학부였기 때문에 정치로부터 화술로 방향을 전환한 그 전기도 공부모임 덕분이었다고 말할 수 있다.

정치, 저널리스트로의 길은 단념했다. 그리고 화술운동에 몸을 던지게 되었다. 필자는 50년 오로지 이 운동을 하며 살아가겠노라고 생각했다.

세상에는 그리 잘 알려지지 않은 운동이지만 큰 문제는 아니었다. 인간은 목적을 향해 한결 같은 노력, 연구를 거듭하면 언젠가는 그 나름대로의 길이 열리게 된다. 그 계기로서도 수단으로서도 공부모임은 대단히 도움이 된다.

그러므로 자신을 가장 잘 성장시키기 위하여 중요한 것은 몸과 돈을 투자하여 참가하는 것이다. 자신의 돈을 사용해서까지 얻는 체험이야말로 사람을 신중하게 만들고 그것은 확실히 힘이 되어 준다. 그것은 당신 앞에 있는 벽을 깨는 데에도 도움이 되어줄 지 모른다. 인생을 완전히 바꾸게 될 지도 모른다.

어떤 것이라도 좋다. 제일 먼저 흥미가 있는 것에 부딪쳐 보는 것이다. 인생은 이런 사소한 것에서부터 방향 전환을 해 가는 것이다.

회사나 단체 등이 연구회 등을 갖는 기회는 상당히 많다. 접대 훈련, 신입사원 교육, 영업사원 교육, 리더십 연수, 문제 해결법 등 회사도 그 필요성을 십분 인정하여 여러 가지 면에서 연수회의 참가를 권장해 주게 되었다.

자기개발을 목표로 하는 사람에게 있어서 현대는 흘러넘칠 정도의 찬스로 둘러싸여 있다고 해도 좋을 정도이다.

그래도 필자는 몸과 자신의 돈을 써서 각종 공부모임에 참가하는 것이 성공의 필수조건이라고 말하고 싶다. 사람들이란 대체로 입으로는 표현하지 않지만 의외로 금전적인 부담에는 민감한 면이 있다. 자기가 투자하면 그만큼은 얻어내야 한다는 생각에 의욕이 생기게 된다.

여하튼 여러 종류의 연수회, 공부회에 참가하는 것은 자신을 닦는 면에서도 중요하다.

특히 젊은 동안에는 자신해서 여러 모임에 참가해 보는 것이 좋다. 발상을 고정시키지 말고 업무상의 전문적인 연수회, 지식을 넓히는 연수회, 기능을 익히는 강습회, 취미를 중심으로 하는 모임, 자선단체 등 될 수 있는 한 여러 가지의 양질의 모임에 참가하면 그 체험으로부터 자신에게 맞는 모임을 발견하게 될 것이다.

많은 경우 공부모임의 목적은 전문가의 지도를 받는 것에 있지만 공동학습에 의해 동료로부터 배워 자극을 받는 메리트도 의외로 크다. 매뉴얼식으로 대체적인 항목만은 파악하고 있어도 자세한 부분에 대해서는 몰랐던 점을 동료들과의 대화를 통해서 나타나게 된다.

인간은 약한 존재로 외부로부터 자극을 받지 않으면 노력도 하지 않고 불타는 의욕도 생겨나지 않는다. '지지 않겠다' 는 경쟁의식을 갖지 않으면 잘 진행되지 않는다. 이런 의미에서 공부모임에 참가하는 의의는 너무나 크다.

그 외에도 다음과 같은 효과가 있다.

★ 발언에 대한 반론을 받아 그것을 이론적으로 주장하게 되어 사고가 발전한다.

★ 자기 자신의 생각이 많은 사람들의 보편적인 척도로서 평가받는다.

★ 자기 자신의 맹점을 발견하고 부족한 부분을 보충할 수 있다.

★ 강의, 실습, 동료의 발언 등으로부터 다양한 지식, 기술을 습득할 수 있다.

★ 상호간의 발언으로부터 자신의 시야가 넓어져 새로운 발상의 기폭제를 얻을 수 있다.

★ 강사, 동료들의 이야기로부터 자기가 이야기할 때의 힌트, 화제를 얻을 수 있다.

★ 어휘를 풍부하게 늘릴 수 있다.

★ 행동의 지침을 알게 된다.

★ 여러 가지 성격, 다양한 직업, 생각이 다른 사람들과 교류를 넓힐 수 있다.

★ 다른 사람이 공부하는 열의로부터 자기 자신을 채찍질하여 의욕을 북돋는다.

★ 공부에 습관을 들일 수 있다.

공부모임에 참가하는 것으로 이와 같은 훌륭한 효과를 올릴 수 있다. 회사 밖의 공부모임에 참가하기 위해서는 먼저 어떤 강좌가 기획되어 있으며 어느 정도의 기간에 어느 정도의 비용이 드는가를 알아둘 필요가 있다.

신뢰를 할 수 있는 사람, 권위 있는 기관 등과 상담해 볼 것을 권하고 싶다.

26

다빈치도 **수첩**을 잘 **활용**했다

어떤 사람이든 나이를 먹으면 기억력이 떨어지는 것은 어쩔 수 없다. 그러나 그것과 반대로 지위가 올라가면 갈수록 그에 상응하는 능력이 요구되는 여러 가지 일을 하지 않으면 안 된다. 따라서 본 것, 들은 것을 정확하게 기억하고 있지 않으면 대단한 장해가 된다.

조금씩 잊어버리는 것은 어쩔 수 없다는 생각을 당연시 여기는 것만큼 무책임한 생각은 없다. 따라서 자신의 지위에 기대되는 이상의 성과를 올리기 위해서는 열심히 메모를 해두어야 한다.

당신이 그것을 자각하고 적극적으로 실행을 하는가에 따라서 그 후의 인생이 크게 달라지게 될 것이다. 실력을 키워 나가는 사람과 그렇지 않은 사람의 차이는 평소의 하찮은 일로부터 오게 된다. 조금이라도 중요하다고 생각되는 것은 우선 적어 두어야 한다.

"저 사람이 없었다면 세계의 문명은 3백 년 뒤쳐졌을 것이다." 하는 말을 들을 정도의 두뇌를 가졌던 네오나르도 다빈치나 역사에 남을 대사상가 중에도 상당한 메모광이 많았으며 수첩을 잘 활용했다. 하물며 그렇게 훌륭한 사람들도 그렇게 했는데 그들만큼 뛰어난 두뇌를 가지지 못한 우리들은 메모를 하지 않는다면 아무것도 되지 않을 것이다.

어떤 목적으로 어떤 일을 어떤 방식으로 메모해야 하는가? 여기에는 절대적인 형식은 없다. 원칙적인 것을 기본으로 자기가 편한 대로 방법을 만들어 내면 된다.

1. 메모 습관이 타인과 자신의 차이를 만든다

★ 본 것을 메모한다.

현장에서 생생한 실제 체험을 통해서 얻은 것, 특히 교통기관, 직장, 회의, 연수회, 많은 사람들과의 대화 등으로부터 깨달은 것을 메모한다.

★ 들은 것을 메모한다.

다른 사람으로부터 들은 것, 필자는 TV, 라디오, 각종 회의 등에서 들은 것을 잊어 버리기 전에 메모를 하도록 하고 있다. 물론 현장에서 취재한 내용도 잊지 않는다.

★ 읽은 것을 메모한다.

단행본, 잡지, 연감, 사전, 회사요람, 인명사진, 지도, 신문, 팸플릿, 카탈로그, 포스터, 광고문 등으로부터 자료를 메모해 두면 다른 사람과의 대화의 자료가 된다. 그 중에서도 독서로부터 얻은 지식은 무한하다.

★ 느낀 것을 메모한다.

여러 가지 자극을 받았을 때 머리속에서 떠오른 것을 곧바로 메모해 둔다. 그것이 새로운 영역과 연결시켜 주는 다리가 된다. 특히 자기 전에 이불 속에서나 잠에서 막 깨어났을 때는 좋은 생각이 잘 떠오른다. 좋은 생각이 떠올랐을 때, 한밤중이라도 전등이 꺼진 어둠속에서도 메모를 한다.

2. 현명한 메모광은 여기에 메모한다

무엇에 메모할까, 혹은 어디에 메모할까 하는 것도 중요하다. 가령 다음과 같은 방법이 있다.

★ 교재에 메모한다.

어느 테마, 어느 타이틀을 반복해서 이야기하는 사람은 그 기본이 되는 교재를 가지고 있게 마련이다. 이 교재의 어느 항목에 어울리는가를 판단하는 즉시 그 페이지에 적어둔다. 다른 곳에 적어두면 분실하거나 나중에 정리하겠다고 생각하는 사이에 잊어버리게 되는 경우가 많다. 그것을 방지할 수 있다.

★ 책에 메모한다.

반복해서 읽는 책, 그것을 기본으로 해서 새로운 생각을 정리하고자 하는 책 등에 비슷한 말이나 내용의 요점을 적어둔다. 이것들이 나중에 이론을 깊이하기 위한 힌트가 된다.

★ 수첩에 메모한다.

수첩은 일상의 행동을 관리해 주는 소중한 파트너이다. 메모에도 여러 가지가 있지만 크게 나누면 다음과 같다.

▒ 업무 예정 메모

A사와 모임, B사의 기획서 작성, C사의 견적서 발송, 면회, 취재, 원고 마감 등.

▒ 기록 메모

중요한 연락처, 거래처의 희망 조건, 장래에 참고가 되는 정보.

▒ 지시 메모

부하, 회원에 대한 지시 내용, 지시 대상 등을 메모해 두지 않으면 날짜를 잊어 버리게 된다. 또한 나중에 체크를 하기 위해서도 필요하다.

■ 연락 메모

써야 할 편지, 답장, 연락 사항 등 필요한 것, 중요한 대상 등을 잊지 않도록 적어둔다.

■ 계획 메모

장래의 계획, 새로운 발상, 착상 등을 발표하거나 관계자에게 제시하기 위해 메모를 한다.

■ 보고 메모

실시한 후의 보고, 진행 등의 보고, 또한 정보 제공을 위한 메모 등.

★ 노트에 메모한다.

각종 회의 등에서 파일식의 노트에 메모한다. 주제, 내용 등에 따라서 페이지를 바꾸어 가며 메모해 두면 나중에 구별하기가 수월하여 장르별로 보관할 수 있어 편리하다. 필자는 주로 이 방법을 사용한다.

3. 나중에 복습하기 쉽도록 메모를 하라

★ 색으로 나눈다.

필자의 경우 강연, 강좌는 적색, 자사주최 강좌나 회의는 모두 청색, 그

외의 단체 등에서 하는 출장강좌 면회 등은 검정으로 하고 있다.

★ 메모의 방법

화제의 경우, 중심인물, 숫자, 이론의 경우는 주요 단어를 메모해 두며 문장인 경우에는 단문을 짤막하게 정리한다.

★ 중요한 것, 주목해야 할 것에는 밑줄을 그어 둔다.

★ 소거 메모

어떤 것이 끝나면 빨간펜으로 그어 지운다.

★ 계속 메모

이것은 O시부터 O시까지라는 의미의 –나 ~등의 부호로 표시한다.

어떤 일이든 장기간에 걸쳐서 해온 사람은 저절로 많은 경험을 쌓게 된다. 그러므로 단순작업이라도 그 나름대로의 무엇인가가 숨겨져 있다. 보다 편하게 하기 위해서라든지, 외형을 위해서라든지 보다 빠르게 하기 위해서 등의 여러 가지가 있다. 필자가 머리를 쓰라고 하는 점이 바로 이것이다. 아무리 쉬운 일이라도 궁리하면 더 좋은 결과를 낳게 된다. 그러므로 지름을 하나 정도는 발견해 두어 보자.

사람의 눈을 즐겁게 해 주는 들에 핀 꽃 한송이도 오랜 기간 동안 축적해 온 경험이 있다는 것을 잊어서는 안 된다. 인생도 이와 마찬가지이다. 사람의 일생은 특별한 것들로만 구성되어 있는 것은 아니다. 대부분이 평범한 것, 일상적인 것이 쌓여서 이루어진 것이다. 그러므로 하루하루 착실하게 실행해 나가자. 그것을 끈기 있게 해 나가는 것이 성장을 위한 지름길이다.

어떤 것을 알기 위하여 그것과 관계가 있는 자료를 모으고 그것이 일정한 양에 도달하면 반드시 질적인 변화가 이루어진다. 어느 레벨의 것을 충분히 마스터하느냐에 따라서 그 단계를 뛰어넘는 힘이 길러진다. 그 힘이야말로 어느 누구도 아닌 바로 당신의 것이다. 지극히 개성적이고 독자적인 힘이라고 생각한다.

처음부터 타고나 말을 잘 하는 사람도 없으며 천성적으로 글을 잘 쓰는 사람도 없다. 일류의 자리에 오른 사람은 누구나 그 자리에 오르기까지 다른 사람들이 모르는 피땀 흘린 노력이 있게 마련이다. 수면을 우아하게 떠다니고 있는 백조도 물 속에서는 발로 물을 필사적으로 헤엄치고 있다는 사실을 잊어서는 안 된다.

어느 회사의 사훈에 이런 것이 있다.

「1. 머리를 사용하여 지혜를 낸다. 1. 지혜를 못 내는 자는 땀을 낸다. 1. 지혜도 땀도 내지 못하는 자는 조용히 사라져라.」

질적 전환에는 무슨 일이든 양을 채우는 것이 선결되어야 한다.

27

그림을 그리듯이 말하라

당신은 가까운 사람과 이야기를 할 때 원고를 작성하는가? 오늘은 직장에서 있었던 일들을 이야기하자. 시작은 이렇게 하고, 본론에서는 이런 말을 하며, 그리고 결론은 이렇게 등……. 필시 이렇게 원고를 써 가면서 이야기하는 사람은 없을 것이다.

가족 등의 가까운 사람과는 왜 이야기가 잘 나올까? 그것은 말로 이야기하는 것이 아니기 때문이다. 이렇게 말하면 아마도 "말이 아니라면 무엇으로 이야기를 하는가." 하는 말을 하는 사람들이 있을 것이다. 그것은 바로 이런 것이다. 가족이나 친한 친구에게 이야기를 할 때에는 우리들은 무의식중에 "저 이야기를 하자.", "저것을 설명하자." 하고 이야기해야 할 사실(현장)을 머릿속에 떠올리고 있다. 이야기하는 사람이 머릿속에서 이미지를 떠올리면서 이야기를 전개하면 듣는 사람도 마찬가지로 머릿속으로 이와 비슷한 이미지를 그리게 된다.

원래 이야기라는 것은 일반적으로는 "말로 그림을 그리는 작업이다. 이런 것이군." 하고 상대가 같은 이미지를 연상할 수 있도록 이야기할 수 있게 노력해야 한다. 이미지가 떠오르지 않거나, 단순히 단어만을 나열하여 무슨 말을 하고 있는 건지 알 수 없는 이야기는 음성의 울림에 불과하여 머릿속을 그저 스쳐 지나가기만 한다. 이것으로는 흥미를 끌 수도 없으며 이해를 시키거나 감동시키는 것은 더욱 불가능하다. 이야기를 영상화하기 위해서는 다음과 같은 점에 신경을 쓰는 것이 좋다.

1. 구체적 행동으로 감정을 표현한다

"골프를 좋아합니다." 하는 말을 한다면 좋아한다는 개념적인 말을 행동으로 바꾸어 이야기를 하면 훨씬 더 구체화할 수 있다. 즉 상대가 '이런 것이군.' 하고 볼 수 있도록 이야기를 하는 것이다.

★ 토요일 밤은 가령 다음날 골프에 가지 않는 날이라도 도구를 닦아 두지 않으면 잠이 오지 않는다.

★ 일요일 아침에는 보통은 10시경까지 잠을 자지만 골프장에 가기로

한 날은 가족 모두가 잠을 자고 있는 새벽 3시경부터 일어나 살짝 집을 나선다.

★ 월급 전이라 아무리 주머니 사정이 좋지 않아도 골프만큼은 간다 등

2. '5W2H'에 충실한다. 두 번째 'H' 가 결정타

보통은 5W1H라고 하지만 비즈니스의 세계에서는 2H라는 생각이 유력하다.

★ 왜 그럴까?(Why)

목적이 무엇인가를 확실히 한다. 그 이유, 근거가 확실한 편이 우선순위가 결정되기 쉽다.

★ 무엇이 있었는가를 알게 한다(What).

무엇을 말하고 있는가 확실히 알아들을 수 있도록 정리한다.

★ 누구인지를 분명히 한다(Who).

누가 어떻게 했는가, 누구와 누가 무엇을 했는가, 그 장면이 보이게 하

기 위해서는 등장인물들끼리의 관계를 확실히 알 수 있도록 묘사할 필요가 있다.

★ 시점, 기간 등을 명확하게 한다(When).

이것은 언제의 일인가? 언제부터 언제까지 있었던 일인가를 묘사한다.

★ 장면을 분명히 한다(Where).

그것은 어디의 일인가, 어디에서 있었던 일인가, 그 장소를 분명히 하면 이야기하고 있는 내용의 신뢰성이 한층 높아진다.

★ 구체적으로 방법을 제시한다(How to).

내용에 따라서는 어떤 방식으로 이야기를 하는 것이 좋은가를 망설이게 되는 경우가 있다. 구체적인 방법이나 구체적인 결과를 제시하면 설득을 목적으로 한 이야기에는 효과적이다.

★ 수나 양을 명확히 한다(How much, How many).

이 재료는 얼마에 할 수 있는가, 그것은 얼마나 있었는가 등 사람은 숫자에 약한 동물이다.

3. '클로즈 업' 으로 이야기가 한층 매력적이 된다

A호텔에 대해서라면 분위기, 요리, 서비스, 객실, 편익성 등 다양한 측면에서 무엇을 중심으로 이야기할 것인가를 추려낸다. 그렇게 하면 그저 막연하게 이야기하는 것보다 영상화하기도 쉬우며 이야기를 전개시키기도 쉽다.

4. 의외로 잊기 쉬운 공통어의 규칙

상대방이 받아들이는 의미 내용과 말하는 사람이 사용한 말의 의미 내용이 일치하도록 이야기하는 것이다.

또한 아무리 정확한 사실이고 좋은 내용이라도 방법이 제멋대로라면 통하지 않는다. 보통 사람들은 이야기하는 기술이 서투르면 그 내용까지 가치가 없다고 생각하는 경향이 있다.

말과 사실과의 일치는 이야기하는 사람과 듣는 사람간의 협력관계를 유지하는 것을 전제로 이야기를 영상화시키는 것이 중요한 점의 하나이다.

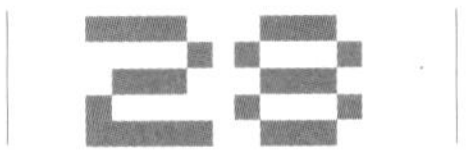

지적 공부법으로서의 회의

어느 식품 메이커에서 판매확대전략을 위한 회의가 열렸다. 어떻게 하면 조미료 A의 매출을 배로 올릴 수 있을까 하는 것을 주제로 하는 회의였다.

"광고비를 좀더 늘려 광고를 많이 하는 것은 어떨까?", "영업사원을 늘리면……." 등 여러 가지 의견이 나왔다. 의견이 거의 다 나왔다고 생각되었을 즈음 조금 색다른 제안이 나왔다.

"~용기의 구멍을 좀더 크게 뚫으면 어떨까요?"

생각해 보면 맞는 말이지만 당연히 반대 의견도 나왔다.

"구멍이 작아야 힘을 주어 흔들게 된다. 그러므로 강하게 흔드는 행위 그 자체가 이미 제품의 일부가 되었다. 소비자는 그런 행동에 만족하는 것이 아닌가. 세게 흔드는 즐거움이 없어진다면 제품으로서의 희소가치가 없어진다."

다양한 의견을 주고받은 결과 여하튼 구멍을 조금 크게 하는 것으로 이야기가 기울어졌다. 즉 요리를 할 때에 조미료를 흔드는 힘은 구멍의 크기와는 전혀 관계가 없었기 때문이다. 같은 힘으로 계속하면 소비량은 자연히 늘어난다.

이 이야기는 당시 상당한 화제가 되었다. 필자가 이야기하고 싶은 것은 회의란 그 과정에서 상호간의 머리가 모여 보다 나은 결과를 만들어 내는 힘이 있다는 점이다. 많은 의견이 오고가는 도중에 자기 혼자서는 미처 생각하지 못한 의견이 튀어나오게 된다. 그리고 그것이 사고의 활성화를 가져다 준다.

하나의 회의가 한 회사의 운명을 결정하기까지의 결정을 하기도 한다. 인생을 살아가는 데에 있어서 그 사람이 가진 능력이 도움이 안 될 리가 없다. 작은 것이라도 다른 사람과 의견을 교환하다 보면 좋은 답을 발견하는 일이 많다. 자기 성장을 위해서도 반드시 적극적으로 참여하기를 바란다.

외국인은 종종 Let's discussion이라는 말을 잘한다. "이야기해 봅시다."라는 말이다. 여러 사람이 모여 이야기하면 문제가 되고 있는 일을 보다 현명하게 해결의 방법을 찾을 수 있다. 타인을 생각하는 마음이나 성실하게 문제 해결을 위한 방법을 찾는 자세가 되어 있으며, 규범에 어긋나지 않은 올바른 디스커션이 이루어졌을 때 다양하고 훌륭한 효과가 나타난다. 반대로 그것을 목표로 우리는 서로 대화를 나눈다. 어디에서부터 들어가도 좋다. 결과적으로 자신을 닦을 수 있는 지적 공부법으로서 대단히 중요하다. 이것은 다음과 같은 효과가 있다.

★ 자신의 생각을 도마 위에 올려 놓는다.

자기가 생각하고 있는 것을 표현하지 않는다면 그것이 주위 사람들에게 통용되는 것인지 아닌지를 알 수 없다. 개인적으로 가치가 있다고 생각하고 있는 것을 많은 사람들 앞에 내놓아야만이 객관성을 갖게 된다.

평가받기 위해서는 다른 사람들로부터 비판을 받아보는 것이 중요하다. 발언을 하면 그것에 대해서 찬성인지 반대인지가 돌아온다. 그것에 따라서 자신의 생각을 테스트하게 된다. 비판받는 것을 두려워한다면 언제까지고 성장할 수 없다. 용감하게 발언을 하고 집중사격을 받을 결심을 해야 한다. 그 결과 두 번 다시 없는 자기 교육의 기회를 맞이하게 된다.

★ 심사숙고하는 습관이 생긴다.

반대나 반발의 세례를 받는 것은 보다 깊이 보다 잘 생각할 수 있는 동기가 된다. 그런 의미에서 집단 속에서 발언하는 것은 자기 내면대화를 통해 신중하게 생각하는 지적 훈련이 된다. 왜, 어째서 등 자신의 생각에 곧바로 동의받지 못한 것에 대한 의문이 생겨 자신의 생각을 단련시킬 수 있게 된다. 또한 이야기를 할 때에는 좀더 신중하게 해야겠다는 생각을 하게 된다. 그런 과정을 통해서 사고력이 높아진다.

★ 마지막에 반드시 최선의 해결책을 찾는다.

대화는 넓은 의미에서 문제 해결을 목표로 행해지는 집단 사고로서 사람들의 지혜를 결집시킨다. 어느 의견이 나오면 반론이나 의문이 생겨 그것을 반복해 감에 따라서 보다 좋은 해결책에 근접해 간다.

그런 반복과 복합이 제일 처음 의견과 다른 질적으로도 높은 것을 창출해 낸다. 첫 번째 의견, 이것을 부정하는 제 2의 의견, 이것들이 융합된 새로운 세 번째의 의견에 수렴된다. 특히 반대의견은 자기 내면대화를 자극하여 다양한 각도로부터 검토할 수 있게 해 준다. 반론이야말로 창조에 이르는 기폭제이다.

★ 대화의 준비를 하게 된다.

인간이란 타인의 의견에 촉발되면 이야기하고 싶어지게 마련이다. 그런 때 자신의 생각을 가지고 있지 않다면 이야기할 것이 없기 때문에 발언할 수 있는 만큼의 생각을 갖기 위해서 노력한다. 사전조사를 하거나 자료를 모아서 준비하는 자세가 자연히 몸에 배게 된다. 발언하는 요령도 터득하게 된다. 이것을 반복해 가는 과정에서 빌린 것이 아닌 자신의 생각을 주장하는 사람으로 변모해 간다.

★ 넓은 각도로 바라보게 된다.

다른 사람과의 대화를 통해서 내면적으로 좁았던 자신의 생각이 차례로 사회적인 흐름을 따라 넓어지게 된다. 이야기되고 있는 내용이 깊어짐과 동시에 광범위한 사회에서 통용되는 매너나 에티켓에까지 정통하게 된다. 즉 사회성이 몸에 배게 된다.

★ 내용이 정확히 머리 속에 새겨진다.

의견을 주고받고 있는 사이에 우리들의 지식은 확실한 것이 되며 기억되는 것으로서 머리 속에 정착된다.

어느 문제의 결론만을 들으면 의외로 잊어버리기 쉽다. 결론에 이르기까지의 과정에 참가하면 이해가 깊어져 머릿속에 깊이 박히게 된다. 암기에는 한계가 있다. 기억의 기본은 바로 이해이다.

★ 자기 표현력, 타인을 이해하는 힘이 수준을 높인다.

대화는 이야기하고 듣는 등의 다양한 자세를 집약적으로 보여 준다. 자신의 체험, 타인의 발언이나 듣는 방법을 관찰해 가면서 자신을 닦을 수 있게 된다. 그 결과 표현력이나 청취력의 수준이 높아지게 된다.

★ 인간관계의 최고의 윤활유가 된다.

사람은 하고 싶은 이야기를 가지고 있으면서 무엇인가의 사정에 따라서 그것이 억압받게 되면 심리적으로 안정감을 잃게 된다. 타인과의 대화는 누적된 불안이나 불만을 발산시키는 작용을 갖게 해주며 그 결과 심리적인 긴장으로부터 해방되게 해준다. 처음 만나는 사람들과 대화를 해 나가다 보면 참가하고 있는 사람들이 어떤 사람인가를 알게 됨에 따라서 오해가 풀리고, 불안을 해소하는 데에도 도움이 된다.

또한 서로 대화를 통해서 동지의식이 솟아난다. 서로 이야기를 하는 것에 의한 심리적인 연대감, 발언에 동의받은 동료의식, 자신도 그 결정에 참가했다고 하는 만족감 등 효과는 이루 말할 수 없을 정도로 많다. 그 결과 상호간의 협력관계는 한 단계 높아지게 된다.

23

이렇게 하면 대화의 **일방통행**을 막을 수 있다

대화를 하다 보면 저절로 오해가 생기게 되는 경우가 있다. 이야기하는 사람의 표현이 충분하지 못하거나 잘못되었다면 올바르게 이해하지 못하는 것은 당연하다. 하지만 오해가 생기는 것은 이야기하는 사람만의 문제는 아니다. 듣는 사람에게도 책임이 있는 경우가 적지 않다. 이야기는 상대방과 자신의 50대 50의 공동작업이기 때문이다.

우리들이 듣는 입장이 되었을 경우에 생기는 오해를 전부 이야기하는 사람만의 책임으로 돌린다면 현실적으로 조금도 문제해결이 되지 않는다. 농부는 땅을 갈며 하늘의 소리를 듣는다고 말한다. 어떤 씨앗을 뿌려야 좋을까, 언제 제초할까, 언제 수확할까를 기후의 변화에 따라서 일시를 정하기도 한다. 작가는 "이 모티브로부터 이야기를 듣고 원고용지에 마주 앉는다."고 말한다. 모티브를 듣고 어떤 것을 쓰는 것이 좋겠다고 생각하게 된다.

만일 이 모든 행위를 하는 데에 있어서 오해가 쌓인 채로 대화를 해 나간다면 언제까지고 평행선을 따라갈 뿐이다. 진의를 듣고 그것에 정확하게 응해 가는, 듣는 노력 또한 대화의 기본이다.

1. 이야기하는 사람의 진심을 읽는다

올바르게 듣기 위하여 다음과 같이 노력을 해야 한다.

★ 자신의 말로 해석해서 들어라.

이야기하는 내용이 잘 정리되어 있다면 아무 문제가 없지만 대화는 그 자리에서 즉흥적으로 이루어지는 것이기 때문에 이야기하는 사람의 수준에 맞게 단어를 선택하거나, 반복이 많아지거나 복잡해진다. 또한 생각한 대로 말을 나열하는 데에 그치기도 한다.

이야기하는 내용이 특수한 것이거나 전문용어, 외국어 등이라면 자기 나름대로 알기 쉬운 말로 바꾸어 그 내용을 충분히 이해해 가면서 들어야 한다. 아무리 생각해도 모르는 것은 질문하자.

★ 키워드나 문장을 항상 의식하자.

이야기 도중에 사용되는 한마디 한마디의 말은 내용을 전반적으로 이해하는 데에 있어서 때로 상당히 중요하다. 그 중에서 이야기의 의미를 좀 더 단적으로 이해하기 위한 키워드나 중심사상을 나타내는 중요한 문장을 파악하며 듣는 자세가 필요하다. 그것을 통해서 상대방의 진의에 좀더 가까이 다가갈 수 있다. 중심 단어나 문장을 파악하고 이것을 조합해 가는 것에 의해 전반적인 의미도 파악하기 쉬워지게 된다.

★ 나무를 보지 말고 숲을 보라.

부분적인 말에 얽매어 전체의 의미를 잃게 되는 일이 많다. 이야기라는 것은 각 부분을 조합한 전체로서 의미가 결정되는 것이므로 전체를 종합적으로 들어야 한다.

나무를 보고 숲을 보지 못하는 우를 범하지 않기 위하여 단락별로 의미를 파악하거나 전체를 보는 등의 노력이 필요하다.

★ 질문을 하여 이해를 높이자.

모르는 점은 질문하여 상대방의 발언을 올바르게 파악하도록 해야 한다. 부분적인 의미를 잘못 파악하여 전체적인 의미를 파악하지 못하는 경우가 많기 때문이다. 조금이라도 의문점이 있으면 질문을 하여 그 진의를 깨달아야 한다. 단 그 때 주의해야 할 것은 심문조로 이야기하거나 조소조가 되어서는 안 된다는 점이다.

★ 요점 반복법으로 시간적인 손실없이 이야기가 진행된다.

정확하게 알아듣는 면에서 "지금 말씀하신 것은 이러이러한 것이군요." 하고 요점을 복창하거나 확인한다.

잘못 알고 있는 채 이야기를 계속하면 같은 말만을 계속해서 반복하게 되므로 시간적으로 많은 손실이 있게 된다. 그렇게 되면 문제를 오히려 복잡하게 만들어 버린다.

2. 듣는 사람의 자세 한가지로 이야기는 점점 커진다

대화는 말하는 사람, 듣는 사람의 상호간의 공동작업이므로 이야기하는 쪽에서는 알아듣기 쉽도록 이야기해야 한다. 반대로 이야기를 듣게 되는 경우 남의 말을 잘 듣는 사람은 상대방이 이야기하기 쉽도록 만들어 주어야 한다. 구체적으로는 다음과 같은 점에 노력해야 한다.

★ 거리를 느끼지 않도록 하자.

심리적인 거리와 물리적인 거리는 많은 경우에 정비례한다. 대화하는 사람들의 물리적인 거리가 멀면 심리적으로도 멀어져 마음의 교류를 방해한다. 그러므로 거리를 느끼지 않도록 자리를 배정하는 것이 좋다. 가까이서 이야기를 하는 경우에도 몸을 한쪽으로 돌리고 이야기한다면 이야기하는 사람에게 거리감을 느끼게 하거나 친근감을 주지 못하므로 주의해야 한다.

★ 물리적인 장해를 만들지 말자.

팔짱을 끼거나 다리를 꼬고 앉거나, 혹은 손으로 얼굴을 감싸거나 커다란 책상을 둘러싸고 이야기를 하면 이야기를 하는 사람과 듣는 사람 사이에 물리적인 장해가 생겨 대화의 흐름이 끊어져 이야기가 잘 이어져 나가지 못한다. 이야기의 흐름에 방해가 되는 물리적인 장해물을 제거하는 것도 주의해야 할 점의 하나이다. 상호간에 듣기 쉬운 장소, 말하기 쉬운 장소를 만드는 것이 높은 효과를 거두기 위한 전제가 된다.

★ 눈에 거슬리는 행동은 하지 말자.

안정되지 않은 분위기, 이야기에 빠지지 않았다는 느낌을 주는 태도를 취하면 이야기하는 사람은 그것이 신경이 쓰여 이야기를 잘 못하게 된다. 손을 크게 움직이거나 다리를 계속 흔들어대는 등 몸 전체의 움직임이 많아지면 이야기하는 사람은 상대방이 자신의 이야기에 흥미를 가지지 않고 있다는 인식을 하게 된다.

★ 표정으로 분명히 대답하자.

듣는 사람은 이야기하는 사람의 눈을 중심으로 얼굴 전체를 부드럽게 바라본다. 즉, 편안한 눈빛으로 상대방의 얼굴을 바라보아야 한다. 눈의 움직임이 얼굴이나 몸으로부터 벗어나게 되면 이야기하는 사람은 듣는 사람이 자신의 이야기에 열중하지 않는 것을 의식하게 된다.

또한 이야기를 듣고 있는 사람이 무표정으로 아무런 반응을 보이지 않는다면 이야기에 정말로 흥미를 가지고 있는지 아닌지를 모르기 때문에 이야기를 하는 사람으로서는 불안해진다. 어둡고 무표정한 사람은 이해나 흥미를 구체적인 표정으로 나타내면서 듣는 것이 상대방을 편하게 한다는 것을 명심해 두어야 한다.

★ 적절한 대꾸로 이야기에 리듬을 준다.

적절한 대꾸는 기계의 윤활유와 같은 역할을 해준다. 묵묵히 듣기만 하면 반응이 없으므로 이야기하기 어렵다. 그렇다고 해서 예상도 하지 못한 대꾸를 한다면 오히려 건성으로 듣고 있다는 생각을 하게 해 역효과를 가져오게 한다.

30

좋은 문장을 작성하기 위해서는 그 **모방**이 그 **기초**가 된다

문장표현력을 익히기 위해서 먼저 생각해 두어야 할 포인트를 이야기해 보자.

1. 문장력 향상을 위해 이것부터 시작하자

★ 모방은 창조의 어머니

옛날부터 좋은 문장을 쓰고 싶으면 유명한 명문을 베껴 쓰라는 말이 있다. 또한 이것은 많은 작가들이 한 말이기도 하다. 현재 유명한 작가들 중에도 다른 유명한 작품을 인용하는 사람이 있다. 한 문예잡지의 편집자이기도 했던 K씨도 이와 같은 말을 했으므로 그리 틀린 말은 아니라고 생각한다. "모방은 창조의 어머니이다. 갑자기 뛰어난 개성을 발휘하는 것은 천재들 뿐이다. 모방은 배우는 것이다. 모방이란 존경하는 상대의 발상의 요령을 자신의 것으로 익히는 것이다. 모방을 잘 할 수 있게 되면 절반 정도에 왔다고 생각하면 된다. 제대로 된 문장가가 되는 길은 아직도 멀었다."는 글을 읽은 적이 있다.

그러나 우리들은 작가가 될 것도 아니므로 프로들처럼 명문을 쓸 필요는 없지만 모방은 실용문장력 향상에도 통용되는 대단히 유용한 방법이라는 점을 알아두자.

★ 무슨 일이든 일상 속에서 드라마를 발견하자.

문장이 되는 소재를 발견하는 힘을 길러 보자. 그 힘을 기르기 위해서는 호기심을 가지고 하루하루를 보내야 한다. 그리고 자신이 지금까지 겪어온 체험을 되돌아보고 그때에는 이런 것을 배웠다. 이것이 재미있었다 하고 생각해 보며 소재를 찾아보도록 한다.

영국의 작가 아놀드 버넷도 이렇게 말했다.

인생이란 전부 호기심이며 이 호기심을 만족시키는 방법은 일상의 습관이나 생활의 터전에 넘쳐나고 있다. 그리고 호기심을 만족시키는 것은 세상을 이해하는 마음을 가진 것이라고 할 수 있다.

어떤 작은 감동이라도 좋다. 그것을 서투른 솜씨라도 스스로 써 보는 것이 중요하다.

★ 우선 펜을 들어보자.

친구나 가까운 사람, 존경하는 분들께 안부편지나 혹은 근황보고 등의 엽서를 띄어 보자. 그렇게 하는 사이에 글을 쓰는 것에 대한 알레르기가 없어지게 된다. 또한 글을 쓰는 데에 흥미가 생기게 된다.

★ 자신만의 문장 리듬에 얽매이지 말자.

인간은 타인으로부터 일일이 지적받는 것을 싫어한다. 스스로 움직이고 싶어한다. 그런 자존심 강한 동물이다. 문장도 마찬가지이다. 특히 문장의 경우 자신의 리듬으로 쓰는 습관이 누구에게나 있다. 그러므로 타인으로부터 지적받아도 자신의 리듬과 다르기 때문이라는 이유로 잘 받아들이려 하지 않는다. 하지만 이것이 성장을 막는 브레이크가 된다는 점을 알아두자.

2. 자신의 메시지를 틀림없이 전달할 수 있는 방법

글을 쓰는 데는 그 근거가 있게 마련이다. 이것을 항상 의식해야 한다.

★ 무엇을 위해 쓰는가를 생각하자.

어떤 일에 대한 보고인가, 설명문인가, 설득을 주목적으로 하고 있는가 등을 파악해 두어야 한다. 설명 한 가지를 하더라도 가령 신제품의 설명인가, 이 제품에 어떤 장점이 있는가에 대한 설명인가 등 그 목적을 분명히 의식하면서 써야 한다.

최종적으로는 읽은 상대에게 무엇을 기대하는가도 분명히 한다. 기획서에 의한 설득으로 계약을 할 것인가, 그것도 지금 바로 해야 하는가, 검토한 후에 해야 하는가, 혹은 일방적인 설명인가, 지시를 하기 위한 명령인가, 그 포인트를 잊지 않도록 하자.

★ 읽는 사람을 염두에 두고 펜을 잡자.

읽는 사람에 따라서 문장표현 방법이 달라진다. 사내편지, 사외편지, 동료, 상사나 고객 등 받는 사람이 누구인가에 따라서 문체나 경어의 사용법이 달라지게 된다.

★ 말로 그림을 그리듯이 써라.

이야기와 마찬가지로 쓸 내용을 머릿속에 그리며 쓸 내용이나 정경을 영상화하며 쓰지 않으면 읽는 사람도 그것을 이미지화하기가 어렵다. 읽는 사람에게 생생한 인상을 주기 위해서 이 작업은 반드시 필요하다.

3. 이해하기 쉬운 문장을 만드는 요령

이해하기 쉬운 문장을 위해서는 처음부터 이해하기 쉽도록 분명한 순서로 배열을 해야 한다. 그러므로 좋은 문장을 쓰고자 한다면 그것을 위한 구상을 충분히 연습해야 할 필요가 있다. 익숙하지 않은 사람은 메모를 하면서 생각을 정리하는 것이 효과적이다.

이야기하는 경우에도 글을 쓸 때에도 중요한 작업의 하나인 메모의 메리트는 무엇일까?

★ 생각하지 않은 곳에서 글의 소재를 발견한다.

메모를 하고자 생각을 하다 보면 이런 일이 있었다. 저런 일이 있었다 등 계속해서 머릿속에 구체적인 소재가 떠오르게 된다. 또한 메모를 하는 작업을 통해서 또는 수정해 나가는 과정에서 내용이 서서히 명확해진다. 때로는 실패하는 경우도 있지만 그때까지 가지고 온 지식을 기초로 하여 그것을 넓혀 간다.

★ 이야기 전체가 일람표로 보인다.

공통된 얼마간의 것을 하나로 정리하여 이질적인 것을 끄집어내어 다른 것과 연결을 짓고 전체를 조화 있게 정리할 수 있다. 또한 낭비나 무리를 없애고 중복을 피하여 제대로 된 문장을 구성할 수 있다. 더 나아가 주제의 비중에 따라서 포인트를 명확하게 집어낼 수 있다. 메모에 따라서 일람표로서 볼 수가 있으므로 분석하고 구성하기가 쉬워진다. 머리 속에서만 하는 무형의 작업으로는 제대로 이루어지지 않는다.

비약으로 인해 읽는 사람이 이 부분은 무엇을 위하여 쓰고 있는가 하는 식으로 생각하게 되는 이유는 부분과 전체가 잘 연결되어 있지 못하기 때문이다.

메모를 하고 있으면 전체를 파악하게 되므로 각 항목의 분배가 쉬워진다. 그리고 읽는 사람이 손쉽게 이해하고 납득할 수 있는 구성을 세울 수가 있다.

31

필수적으로 알아두어야 할 **문장표현**의 기본

가정이나 사무실의 전등은 전력회사로부터 전선을 통해서 전류가 흐름으로써 불이 들어온다. 배선이 어딘가에서 끊어지게 되면 상대방에게 제대로 전달되지 않는다. 논리적으로 맞지 않기 때문에 이해할 수 없는 글, 주어와 술어와의 연결이 매끄럽지 않으면 정확하게 의미를 전달하지 못하게 된다.

1. 이 점을 주의하면 알기 쉬운 문장을 쓸 수 있다

논리적인 비약이 없게 하기 위해서는 어떤 점에 주의를 기울여야 할까?

★ 주어와 술어, 수식어와 피수식어를 호응시킨다.

주어가 어떤 술어와 연결되어 있는지 알 수 없는 문장이 있다. 하나의 문장이 완결되지 않은 채 삽입을 하면 주어와 술어가 멀어져 문장이 혼란스럽게 된다. 또한 형용사나 부사가 어떤 말을 수식하고 있는지 알 수 없는 말도 있다. 문장이 혼란스럽게 되는 이유는 대부분이 이처럼 호응 관계에 혼란이 생겼기 때문이다.

■ 주어와 술어의 호응

"나는 어제 뒤뜰에서 고양이가 생선을 물고 어둠속에서 도망갔다."

이것은 극단적인 예지만 이 문장대로라면 '나는' 에 호응되는 술어가 없다. '도망가는 것을 보았다' 라고 말한다면 이 문장은 일단 완결되었다고 볼 수 있다.

■ 수식어와 피수식어와의 관계

꽃을 든 아가씨는 예쁘다는 말을 하고 싶다면 '아름다운 꽃을 든 아가씨' 라는 표현은 어울리지 않는다. 생각하기에 따라서 '꽃을 든 아름다운 아가씨(아가씨가 아름답다)' 나 혹은 '아름다운 꽃을 든 아가씨(꽃이 아름답다)' 로 생각할 수 있다. 이러한 경우 형용사가 뒤에 오는 어떤 명사를 수식하는가를 분명히 구별해서 사용할 필요가 있다. 그러나 어쩔 수 없이 여러 개의 수식어로 수식을 할 때에 같은 배열이라도 쉼표를 찍으면 수식받는 말이 분명해진다.

◎ 아름다운 해변의 집 – 이 표현으로는 해변이 아름답다는 의미가 될 수도 있다.

◎ 아름다운, 해변의 집 – 집이 아름답다고 확실히 전달하고 싶다면 이처럼 아름다운의 뒤에 쉼표를 찍는다.

■ 형용사와 형용구의 관계

형용사, 형용구의 순서는 구를 앞으로 하고 명사를 뒤로 보낸다. 형용사를 앞으로 가져오고 싶을 때에는 쉼표를 찍는다.

(예) '흰 종이'와 '숫자가 쓰여 있는 종이'를 하나의 문장으로 만들면 다음과 같다.

(X) 흰 숫자가 적혀 있는 종이

(O) 숫자가 적혀 있는 흰 종이

(O) 흰, 숫자가 적혀 있는 종이

★ 단어와 단어, 문장과 문장을 잘 연결한다.

단어와 단어 사이의 연결을 분명히 한다. 단어와 단어, 문장과 문장을 연결할 때의 접속어구가 전체의 의미를 크게 좌우한다. 이것이 제대로 연결되어 있지 않으면 내용이 비약되거나 층이 생겨 의미를 알 수 없게 된다. 여기에서는 단락과 단락, 구와 구를 연결하는 경우의 말을 들어보겠다.

■ 병렬적으로 이어진다 – 그리고, 그리고 나서, 게다가, 더불어, 또한 등

■ 자세히 보충한다 – 가령, 즉, 바꾸어 말하면 등

■ 결과로 이어간다 – 그러므로, 그래서, 결과적으로 등

■ 새로운 이야기를 한다 – 그런데, 그럼, 이야기가 바뀌지만, 조금 다르지만 등

■ 어딘가를 선택한다 – 혹은, 그렇지 않으면, 내지는, 또는 등

■ 접속적으로 연결한다 – 그렇지만, 그러나, 하지만, 무엇보다도, 그렇다고는 하지만 등 접속어구도 너무 많이 사용하면 내용이 복잡해지므로 주의한다. 문장은 가능한 단순하게 하는 것이 좋다.

★ 말로서 하면 그 문장의 약점이 보인다.

소리를 내어 읽어 보면 어딘가 이상하다고 생각되는 곳이 나온다. 그럴 때에는 논리적으로 맞지 않거나 자연스럽지 못한 경우가 많다.

2. 알기 쉬운 문장으로 만들기 위한 자기 점검법

논리적인 비약이 없도록 함과 동시에 문장을 소리내어 말하기 전에 알아두어야 할 점이 몇 가지 있다.

★ 머리에 넣어두어야 할 '일문최대오십자(一文最大五十字)' 의 원칙

형용사, 부사 혹은 형용구를 너무 많이 넣기 때문에 알아듣기 어려운 문장이 되는 것이다. 가능한 필요없는 곳을 없애고 초점에서 벗어나지 않도록 해야 한다. 언제나 한 문장이 50자 이상을 넘지 않도록 주의를 해야 한다.

간결한 문장, 단순화된 이야기는 현대인의 표현력에 있어서 무엇보다도 필요한 요건의 하나이다. 생략이야말로 이야기를 충실하게 해준다. 이것은 내용의 밀도와 관련이 깊다.

★ 자기중심적인 문장은 아닌가.

편지라면 읽는 사람이 정해져 있으므로 그리 커다란 문제가 생기지 않는다. 하지만 읽는 사람이 불특정한 경우라면 이야기는 달라진다. 처음 만나는 사람과 이야기하는 것과 같으므로 자신을 좀더 나아 보이게 써야 한다. 그렇다고 해서 다른 부분과 다른 톤의 말을 갑자기 사용하거나, 지나친 표현, 경어가 지나치게 많으면 전체적으로 받아들이는 데에 있어서 거부감을 주는 경우도 있다.

투고된 원고를 심사하는 어떤 심사관의 이야기를 들어보면 투고 테마로서 연애체험, 병으로 본인이나 가족이 고생을 하고 있는 경험이 상당히 많다고 한다. 두 가지 모두 분명히 본인에게 있어서는 대단한 사건이겠지만

결국 자기만족이나 자기도취에서 끝나는 경우가 대부분이어서 읽는 사람을 전혀 생각하지 않게 되기 쉽다. 쓰고 있는 내용도 그렇지만 주관적인 표현이나 독단적인 표현으로는 상대에게 문장의 취지나 의도를 올바르게 받아들이도록 하기는 어렵다.

꽤 오래 전에 맨홀 안에서 부패된 사체가 발견되어 사회적으로 상당히 시끄러웠던 적이 있었다. 그 때 신문의 보도를 보면 표현이 상당히 다양했다.

어느 신문에서는 "사체가 던져져 있었다."라고 쓰여져 있었다. 하지만 자세히 조사해 본 결과 타살이 아니라 젊은 여성이 실수로 맨홀에 빠져 사망했다는 사실이 밝혀졌다. "얼마 전 사망한 XX판매회사의 사장 A씨의 부인은……" 이라는 문장이 있었다. 이것만으로는 죽은 사람이 A사장인지 부인인지를 분명히 알 수 없다. 실은 부인이 사망했다. 그렇다면 "XX판매회사의 사장 A씨의 얼마 전 사망한 부인……"으로 적는다면 아무런 문제가 없다.

강조하고 싶다는 생각에 형용사나 부사를 생각나는 대로 늘어놓거나 극단적인 표현을 하는 경우가 있다. 이것은 오히려 품위를 떨어뜨리기도 하므로 솔직하게 쓰는 것이 좋다.

★ '또 나왔군……' 이라는 생각이 드는 표현은 피하자.

쓰는 내용에 대해서도 그렇지만 문장이나 이야기를 하는 경우에 있어서 습관이 된 말을 아무 생각없이 사용하는 경우가 있다. 그러나 강조하고 싶은 말의 경우나 말이 길어지는 경우에는 더욱 신선함이나 극적인 표현이 요구된다.

오래 전부터 일반적으로 널리 사용되는 형식적인 문구나 아주 빈번하게 사용되는 말을 무신경하게 사용하면 상대방은 금방 싫증을 느끼게 된다. 자기 아니면 할 수 없는 문장을 써 보자.

★ 읽고 싶은 생각이 들게 쓰자.

음식도 먹음직스럽게 담겨 있는 쪽으로 손이 가듯이 문장도 글씨가 깨끗하고 여백이 여유 있게 있는 쪽이 더 읽고 싶다는 생각이 들게 한다. 작은 글씨가 빽빽하게 적혀 있어 보자마자 읽을 생각이 들지 않는 글은 아무리 잘 써도 의미가 없다.

이상으로 서술한 바와 같이 자기 주장이나 표현을 분명히 자기 것으로 만들어야 사람은 자신에게 자신감을 갖게 된다. 그리고 그런 마음의 힘이야말로 자기 앞을 가로막고 있는 벽을 깨고 자신을 강하게 만들기 위한 커다란 원동력이 된다는 것을 기억해 두기를 바란다.

자기주장을 할 때 이렇게 겁을 없앤다

인간은 누구나 다음과 같은 욕구를 가지고 있다. 이것은 입장이 어떠하든 나이가 어떠하든 모두 마찬가지이다.

★ 다른 사람으로부터 관심을 받고 싶다.
★ 다른 사람으로부터 인정을 받고 싶다.
★ 다른 사람으로부터 올바르게 평가를 받고 싶다.

이와 같은 욕망을 충족시키고자 자신을 표현하고자 한다. 원래 말이 없는 사람은 없다. 사람은 원래 말이 많게 만들어진 동물이다.

그럼에도 불구하고 왜 많은 사람들은 대화나 공적인 자리에서는 자기주장을 하기가 힘이 들까? 그것은 "아니 땐 굴뚝에 연기 나랴."는 말과 같이 그것을 저지하는 장해나 원인이 있다는 말이다. 밖에서는 말을 잘 못하는 사람이 부인이나 형제간에는 몇 시간이고 이야기를 하기도 한다. 이것을 생각해 보면 잘 알 수 있겠지만 전혀 이야기를 못하거나 자기 표현을 하지 못하는 사람은 없다는 말이다. 필자는 "목소리를 낼 수 있는 사람은 모두 훌륭한 연설자가 될 수 있다."고 확신하고 있다.

하지만 자기표현은 스스로 노력하는 수밖에 달리 방법이 없다. 말을 하는 것은 다시 빼낼 수 있는 액세서리와도 같은 것이 아니다. 그 사람 고유의 것, 더 나아가 그 사람의 일부인 것이다.

사람들 중에는 "저는 말이 서툴러요."라고 말을 하는 사람이 있다. "다른 사람이 서투르다고 말했습니까?" 하고 물으면 많은 경우 "제가 생각하기에 그래요." 하고 대답한다. 이렇게 해서 많은 경우 다른 사람들 앞에 서기를 필사적으로 피한다. 그러나 언제까지고 피하기만 한다면 자기가 가진 힘이 어느 정도인지를 알 수가 없다.

사람은 다른 사람의 눈에 띄어야 노력을 한다. 모임 등에서 인사말 등을 부탁받으면 열심히 준비하고, 원고를 쓰며, 리허설까지도 해 본다. 그런 사람이라도 이야기를 할 필요가 없어지면 전혀 아무런 노력을 하지 않게 된다.

준비는 열심히 했는데 제대로 생각만큼 자신을 표현하지 못하는 경우도 있다. 그렇지만 자기가 공부한 만큼은 자기 것으로 남는다. 실패, 그리고 반성이라는 노력을 얼마나 반복하느냐에 따라서 드디어 진정한 자신의 실력이 발휘되는 것이다.

연설은 연설로서 고칠 수밖에 없다. 서투르다고 생각하는 사람은 서투른 연설을 계속하다 보면 그 서투른 연설을 뛰어넘을 수 있다.

자신을 다른 사람의 눈앞에 세워두면 아무리 무신경한 사람이라도 어떻게든 되겠지 하는 편한 마음으로 있을 수만은 없다. 어쩔 수 없이 공부 하게 된다. 그런 연습을 통해서 이렇게 하는 것이 좋다. 여기를 고치면 좀 더 좋아질 것이다 하는 등의 보완을 하게 되고 또 이야기를 한 후에 질문을 받아 자기 점검을 할 수도 있다.

자기를 비판의 과녁에 세워두면 이야기의 내용도 체크할 수 있다. 그것뿐만이 아니다. 다음부터 모든 사람들의 기대를 받게 되어 이론적으로 무장을 하지 않으면 안 된다. 그 결과 그때까지 두렵다고 생각해 왔던 다른 사람들의 시선이나 반응을 긴장하지 않고 받아들이게 되어 결국에는 자신을 의도하는 대로 표현할 수 있게 된다. 더 나아가 자신을 높이게 된다.

이러한 것들이 훈련이 되었다면 몸짓, 표정 같은 보디 랭귀지에 신경을 써 보자. 연설이나, 상담 등의 모든 만남에 있어서 훨씬 좋은 결과를 얻을 수 있을 것이다.

많은 사람은 이야기를 통해서 내용의 밀도를 높이고 스스로 탈피하여 비약하게 된다. 우선 먼저 사람들 앞에 서 보자. 침묵하고 있으면 자기교육의 찬스가 영원히 사라지게 된다.

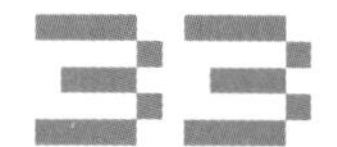

말은 내용과 표현력이 **이인 삼각**을 이룬다

이야기하는 내용과 표현력은 따로 떼어 놓고 생각할 수 없을 정도로 밀접한 관계를 이루고 있다.

너무 유창하게 말을 하겠다는 생각에 내용보다 표현기술이 앞서면 오히려 좋지 않은 화술에 빠질 위험이 있다. 선전 문구는 얼마든지 만들 수가 있지만 잘하면 잘할수록 오히려 위험하다.

많은 사람 앞에서 긴장하지 않고 이야기할 수 있게 되는 화술학원 등에 소개를 받아 수강을 받은 사람이 있다.

그 A씨는 단상에 서면 얼굴이 빨개지며 전혀 말을 하지 못했는데 이 학원에 수강을 한 덕분에 지금은 영업사원으로 상당한 실적을 올리고 있다. 그런가 하면 어느 전자회사 B씨는 표현력이 풍부하다는 평가를 받아 직장에서 다른 동기보다 빨리 관리직에 발탁되어 계장으로 승진했다는 등등의 학원 사람의 달콤한 말에 설득되어 3개월 분의 수강료를 내게 되었다.

그러나 막상 다니고 보니 수업이 자신에게 맞지 않아 한 달도 채 다니지 못해서 정신적 부조화를 일으켜 오히려 언어장애가 오고 말았다. 그래서 언어치료 연구소에서 치료를 받게 되었다.

또한 이런 이야기도 있다. A국회의원은 선거기간중 소비세 반대를 주장하여 당선되었다. 그러나 그 사람이 소속되어 있는 정당은 소비세 인상을 인정하고 있었다. 그가 자신이 주장하던 소비세 인상 반대 의사를 당내에서 주장했다는 말은 전혀 들리지 않는다.

B 국회의원도 같은 정당에 소속되어 있었지만 그의 경우 선거기간중 소비세에 대해서는 아무런 언급도 하지 않았었다. 말하면 자기가 불리해지기 때문이었다. 이와 같은 것을 '침묵의 기법' 이라고 한다.

두 사람 모두 성실하지 못하다는 점에서 크게 다르지 않다. 소비세 인상이 올바른가 올바르지 않은가에 대해서는 별개의 문제이다. 만일 속았다고 한다면 마지막에는 그것을 꿰뚫어 보지 못한 유권자들에게도 책임이 있다.

세상에는 말 잘하는 사람을 말하는 방법이 뛰어난 사람으로 혼동하는 사람이 많은데 앞에서 이야기한 예는 실질적으로 피해를 줄 수 있는 화술이다. 선거뿐이 아니라 일상생활 일반에 걸쳐서도 말할 수 있는데 우리들은 이와 같은 화술을 파악하는 힘을 가질 필요가 있다.

역으로 표현이 서투른 까닭에 아무리 좋은 내용을 말한다 하더라도 듣는 사람이 정확하게 받아들이지 못하는 경우도 있다. 화술로 인해서 해를 입게 되는 경우는 제외하더라도 좋은 내용을 가지고 있으면서도 표현부족으로 그것을 올바르게 전달하지 못하는 것은 참으로 안타까운 일이다.

이야기는 여러 가지 요소로부터 성립되어 있으므로 고정적인 표현 방법은 아니지만 환영받는 대부분의 이야기에는 공통되는 원칙이 있다. 먼저 내용이 충실하다는 것, 그리고 상대방에 대한 배려를 가지고 표현하는 것이다. 상대방을 배려하여 자신의 생각을 잘 전달하기 위한 방법의 한 가지는 느낌이 좋은 연설이다.

화술의 기초가 되는 인간성의 좋고 나쁨이 이야기를 할 때에 구체적으로는 느낌이 좋은 표현이 되거나 느낌이 좋지 않은 표현이 되어 밖으로 표출된다. 느낌이 좋게 이야기를 하기 위해서는 다음의 세 가지 조건이 필요하다.

1. yes question법을 활용하라

느낌이 좋게 이야기하기 위한 첫 번째는 상대방의 자존심(프라이드)을 지키며 이야기를 하는 자세이다. 인간은 자기만 특별한 대우를 받고 싶어 하는 자존심이 강한 동물이므로 대수롭지 않은 말에도 상처를 받는다. 이런 델리케이트한 마음에 상처를 주지 않고 이야기하는 방법은 긍정적으로 이야기하는 것이다. 부정적인 표현으로 자존심에 상처를 받게 되면 누구나 들어주려고 하지 않을 것이다. 게다가 마음의 상처는 오랫동안 남게 된다.

긍정적인 표현은 상대에 대한 따뜻한 배려나 생각 등 대화자의 인간성을 나타낸다. 그저 긍정적으로 이야기한다고 해도 모든 것이 올바르다고 인정받거나 곧바로 환영받기는 어렵다. 상처받기 쉬운 인간의 자존심을 지켜주는 표현을 하기 위하여 노력해야 한다. "그런 일도 있겠군요.", "그런 사람도 있군요.", "저도 전에는 그렇게 생각했습니다." 하고 상대가 말하고 있는 사실을 솔직하게 받아들인다. 만일 내용이 바르지 않다면 "그런 일도 있군요. 그런데 이렇게 하는 것은 어떨까요?" 하고 상대에게 대답을 맡기는 것이 상처를 주지 않게 하는 방법이다. 이것을 필자는 yes question법이라고 부른다.

상대방을 공략하는 듯한 말투로는 처음부터 상대방의 마음을 굳게 닫아 버리게 한다.

2. 철저하게 플러스를 지향한다

느낌이 좋게 이야기하기 위한 두 번째 방법은 표현을 밝게 하는 방법이다. 일반적으로 인간은 밝은 것을 좋아하는 경향이 있다. 어두운 것은 듣는 사람에게 혐오감이나 의혹감을 일으키거나 위압감을 주기 때문이다. 밝음은 이야기하는 사람의 적극적인 사고방식의 기초가 되고 있다. 밝음에 인색한 경향이 있는 사람은 다음과 같은 것에 노력해 보면 어떨까? 적어도 마이너스적인 면을 커버할 수 있을 것이다.

★ 모든 것에 대하여 철저하게 밝은 관점에서 본다.

어느 날 직장에서 쫓겨나게 되었다면 '저 사람이 회사를 그만두게 하지 않았다면 나에게 오늘날과 같은 성공은 없었을 것이다. 그로 인해 분발하여 독립할 수 있는 전기가 되었다.' 고 생각한다.

★ 밝고 발전적인 이야기를 한다.

어둡고, 슬프고, 절망적인 네가티브적인 화제는 피하고, 억지로라도 밝은 내용을 화제로 이야기하도록 한다. 밝은 이야기를 어둡게 이야기하는 사람은 없을 것이다.

★ 포지티브적인 단어를 많이 사용한다.

시간을 필요로 하는 사람에게는 "이제 30분밖에 없다."고 말하기 보다 "아직 30분이나 있다."고 하는 쪽이 안심이 된다. "길게 이야기하지 마시오."보다 "짧게 이야기하시오.", 혹은 "잔디밭에 들어가지 마시오."보다 "잔디를 소중히 합시다." 등의 금지를 나타내는 말을 사용하지 말고 협력을 구하는 말을 사용해보면 어떨까?

3. 내용 밖의 이야기에도 승부를 걸자

★ 구체적으로는 적절한 경어를 사용하는 등 사용하는 표현에도 주의를 기울이자.

★ 밝은 표정이나 경우에 맞는 단정한 복장 등에도 신경을 쓴다.

★ 경쾌하게 말을 이어간다는 점에서는 템포도 상당히 중요한 요건 중의 하나이다. 말 사이를 오래 끌거나 너무 빨리하는 것을 피한다. 상대방에게 맞추며 이야기한다.

★ 언어 습관 등도 귀에 거슬리는 경우가 있다. 자신도 모르게 습관적으로 사용하는 단어의 과도한 사용은 듣는 사람을 피곤하게 한다.

★ 밝은 톤으로 이야기한다. 톤이 낮으면 대체로 어둡고 처지게 이야기하는 듯한 인상을 주기 쉽다. 자기가 이야기하는 방식이 어둡다고 생각하

는 사람은 말의 톤을 높여서 조금 높은 톤으로 이야기해 보면 어떨까? 현저하게 밝아지고 있는 자신을 발견하게 될 것이다.

★ 말과 표정을 일치시킨다. 말과 표정을 일치시키면 상대방에게 신뢰와 친근감을 준다. 그러나 말은 진지한데 표정이 무표정하다거나 무덤덤하면 상대에게 호소력이 없게 된다.

★ 시각적 언어를 사용하라. 말을 들으면 동작적인 영상이 떠오를 수 있는 시각적 언어를 대화 속에 많이 포함시키면 강한 이미지를 남긴다.

사람은 언어를 전달하고 받아들이는 데 동작의 보조를 받는다. 내용의 전달에 충실하기 위해서는 언어를 동작과 얼마만큼 조화시키느냐에 있다.

34

왜 **딸기잼**으로 **물고기**를 잡으려 하는가

무슨 일이든 합리적인 훈련을 거듭하는 것이 자기만의 방식으로 하는 것보다 훨씬 수월하다. 골프, 장기, 그림, 서예, 연설 모든 것들이 자기만의 방식으로는 한계가 있다.

표현력을 높이는 면에서 생각해 보아도 같은 말을 할 수 있다. 말을 잘하는 지도자는 오랜 동안 시행착오를 반복하여 이렇게 하면 좋다는 방식을 자기 나름대로 터득해 왔기 때문에 잘 하게 된 것이다. 체험이 적은 사람일수록 능력 있는 사람을 모방하면 향상하는 속도가 눈에 띌 정도로 빨라진다. 말을 잘하는 사람의 이야기는 오랜 실전적인 결과로서 나쁜 버릇이 없고 나름대로 이론이 세워져 있다. 그것을 자기 것으로 만드는 것이 현명한 방법이다.

화술연구가로 지명도가 높은 카네기의 이야기에 "나는 딸기 잼을 좋아합니다. 하지만 낚시를 할 때에 딸기 잼을 가지고 고기를 낚으려고는 하지 않습니다. 물고기가 좋아하는 미끼로 낚시를 합니다."라는 유명한 말이 있다.

브레이크를 밟고 있으면 차는 언제까지고 움직이지 않는다. 당연한 말이다. 차의 기능, 즉 작용이 브레이크를 밟으면 서도록 되어 있기 때문이다. 또한 자동차에는 가솔린을 넣지만 스토브에 가솔린을 넣는 사람은 없다.

타인을 움직이게 하기 위하여 이야기를 한다면 상대방이 움직일 만한 마음의 법칙에 맞춘 이야기를 하지 않으면 안 된다. 이해시키고자 한다면 공통의 의미를 가진 말을 선택하여 어떤 것을 올바르게 표현하는 말을 배열하는 등의 노력을 하지 않으면 안 된다.

상대방을 이해시키기 위한 설명 방법의 6가지 포인트

1. 설명하기 전에 이것만큼은 알아두자

설명하기 전에 생각해 두어야만 할 기본조건이 3가지 있다.

★ 설명할 점을 정확하게 파악한다.

대화자 자신이 설명하고자 하는 주제나 내용을 정확하게 알고 있지 않으면 설명을 제대로 하지 못한다. 그러나 우리들은 알고 있다고 생각해도 실제로는 잘 알지 못한다는 사실을 의외로 깨닫지 못하고 있는 경우가 많다.

★ 상대방이 이해하고 있는 것을 안다.

설명이 부족해서도 과도해서도 안 된다. 설명을 하는 사람은 먼저 상대방이 설명을 하고자 하는 것에 대해서 어느 정도 알고 있는가, 또한 충분하지 못한 점은 무엇인가를 정확하게 찾아낼 필요가 있다. 설명의 과부족은 대체로 이런 애매한 것에서부터 온다. 상대방의 지식에 대해서도 일반적으로는 나이, 성별 사회적 입장, 학력으로부터 어느 정도 예측을 할 수 있는 경우가 많다. 하지만 보다 정확하게 파악하고자 한다면 개별적으로 상대방에게 질문을 하는 것이 보다 효과적이다.

★ 상대방에게 전하는 요점을 확인한다.

가령 상대가 그 테마에 대해서 기초적으로 이해하고 있다고 하더라도 그때그때의 상황에 맞춘 구체적인 내용까지 이해하고 있다고는 할 수 없다는 점을 알아두자. 그러므로 설명을 하는 사람은 무엇을 알게 해주는 것이 좋을까. 그러기 위해서는 어떻게 하는 것이 효과적인가 한마디로 말해서 어떻게 말해야 하는가, 이것을 항상 머릿속에 넣어두고 이야기를 하지 않으면 안 된다. 당연한 말 같지만 의외로 어렵다.

2. '전체' 가 보이도록 이야기하라

듣는 사람을 혼란시키지 않기 위하여 이해의 급소를 찌르며 이야기하도록 하는 것이 좋다.

★ 예고한다.

무엇을 설명할 것인가, 이야기의 주제나 개요, 혹은 내용의 가짓수 등을 예고하면 상대방도 받아들일 자세를 하기 때문에 이해가 빠르다. 예고의 방법으로서 다음의 세 가지 방법이 있다.

- 개요만을 예고한다 – "OO에 대해서 이야기 합니다."
- 요점을 예고한다 – "이 기계의 장점에 대해서 이야기 합니다."
- 내용의 가짓수만을 예고한다 – "오늘 중으로 해야 할 것 3가지에 대하여 이야기 합니다." 등

★ 순서를 연구하자.

당신의 머릿속으로 이해하기 쉽도록 순서를 생각하여 이야기할 필요가 있다. 다음과 같은 순서가 효과적이다. 이것은 인간의 이해나 사고의 메카니즘과 일치한다.

- 시간적 순서 – 어제, 오늘, 내일 등.
- 공간적 순서 – 1층은 OO, 2층은 XX, 우측은, 좌측은 등등.

■ 인과관계에 의한 순서 – 원인으로부터 결과로, 결과로부터 그 원인이나 근거로.

■ 중요도에 따른 순서 – 중요한 것으로부터 비교적 중요하지 않은 것으로, 혹은 그 반대.

■ 알고 있던 것에서부터 모르는 것으로 – 상대방이 알고 있는 것을 기반으로 해서 점점 넓혀 나간다. 가령 전화로 "그쪽으로 어떻게 가야 좋을까요?" 하는 질문을 받았을 경우, "어디에 계십니까? 그렇다면……." 식의 순서로 이야기를 전개해 가면 알기 쉽다.

■ 그 외에 연역적, 귀납적 등등.

3. 가깝고 구체적인 예는 최고의 '설득 재료'

이야기하고 있는 내용을 좀더 알아듣기 쉽게 하기 위해서는 추상적인 표현을 가급적 피하고 구체적으로 이야기하도록 한다.

★ 실물, 모형을 사용하여 이해시킨다.

★ 사진, 그림을 사용하여 시각적인 효과를 살린다.

★ 도표, 통계를 사용하여 계수화하거나 구상화시킨다.

★ 예를 사용한다. 추상적이거나 이론적인 것을 설명할 경우에는 알기 쉽도록 가까운 예를 들어 설명한다.

★ 오감(五感)을 활용한다. 가까이 있는 것을 총동원한다. 보이고, 들려주고, 만지게 하고, 냄새를 맡게 해주는 등.

4. 중요한 점은 중간에 확인하는 것이 중요하다

이야기 도중이라도 중요한 부분은 상대방이 이해하고 있는지 아닌지 "여기까지 한 이야기를 정리해 보면……." 하는 식으로 확인을 해 가면서 이야기를 전개한다. 그렇게 하면 오해를 피할 수 있다.

5. 전달하고 싶은 것은 관점을 바꾸어 가며 반복하라

설명하는 대상은 여러 가지의 측면을 가진 입체적인 것이기 마련이다. 따라서 여러 측면으로부터 목적을 향해서 하나씩 하나씩 순서를 정해 가며 이야기할 필요가 있다.

6. 끝으로 복습을 잊지 않는다

이야기한 것이 단편적이 되거나 얽히지 않게 하기 위하여 마지막에 정리를 하는 것이 좋다. "지금까지 이야기한 것을 정리하면 이것이것" 하고 간단히 말로서 요점을 추려낸다. 혹은 포인트만을 반복하는 것으로 듣는 사람의 머릿속에 정확하게 남게 된다.

35

뛰어난 스피치 – 긴장하지 않고 말할 수 있는 비결

정리된 이야기란 의식하여 정리한 이야기를 말한다. 이 점을 분명하게 기억해 두기를 바란다. 이것은 우리들이 경험한 사실을 그대로 이야기하더라도 이야기로서 성립되지 않기 때문이다.

말은 커뮤니케이션의 수단으로서 대단히 편리하지만 말 그 자체와 그것이 제시하는 사실은 별개의 것이다. 이것을 잘 구별하지 못하면 중대한 실수를 범하게 된다.

특히 오랜 시간 일방적으로 이야기를 계속하는 스피치의 경우 생각나는 대로 이야기할 수는 없는 일이다.

한정된 짧은 시간 속에서 그 의도를 달성하고자 한다면 그 나름대로 주도면밀한 준비가 필요하다. 이야기를 한 후에 문제를 느끼는 것은 흔히 준비부족에서 오게 된다.

이야기를 주도하는 강사는 "생각한 것을 솔직하게 이야기하세요."라는 말을 자주 한다. 자기가 가지고 있는 이상의 결과를 낼 수는 없으므로 자기가 가지고 있는 만큼이라도 하라는 말은 맞는 말일지도 모른다. 하지만 엄밀하게 말하면 많은 사람 앞에서 오랫동안 계속해서 이야기하게 되면 생각한 대로 이야기해서는 안 된다. 더욱이 아무것도 준비하지 않은 채 한다는 것은 무모한 일이다.

익숙해져 있는 사람조차도 대강의 윤곽만이라도 잡아두지 않으면 알기 쉽게 이야기하기란 어렵다. 특히 이야기를 하는 데에 익숙하지 않은 사람은 원고를 만들고 충분히 연습을 하여 사람들 앞에 서야 한다. 이것은 이야기하는 사람의 기본적인 에티켓이다.

효과적으로 이야기하고자 하는 사람에게 있어서 원고를 준비하는 작업은 없어서는 안 될 필수조건의 하나이다. 원고를 쓰는 메리트에 대해서 잠시 적어 보겠다.

★ 이야기할 때의 일람표로서 머리 속에 집어넣을 수 있다.

★ 사전에 시간을 두고 체크할 수 있으므로 수정을 덧붙여 내용을 보다 밀도 있게 하고, 더욱이 자연스럽게 전개해 나갈 수가 있다.

★ 이런 방식으로 이야기를 진행시켜 나가는 것이 좋다는 등의 이야기

에 대한 지침이 된다.

★ 일단 정신적으로 안정이 된다. 공포는 무지와 반신반의로부터 일어난다.

★ 비약이나 빠뜨리는 것을 방지할 수가 있다.

★ 주어진 시간 내에 이야기할 분량을 예정할 수가 있다.

★ 이론에 맞게 효과적으로 구성할 수가 있다. 이것이 충분히 되어 있다면 실패를 하는 일은 없다.

자기답게 이야기할 수 있는 원고 만드는 법

그때그때 상황에 맞는 이야기의 목적을 분명히 인식하여 자료를 모으고 정리하도록 하면 흥미를 일으켜 시간적인 낭비를 막을 수가 있다. 또한 그 목적에 맞는 적당한 내용을 결정한다.

1. 먼저 조금이라도 관계가 있는 자료 모두를 준비한다

신제품을 설명한다면 지금 상태로는 어떤 문제가 있는가, 신제품으로 바꾸면 어떤 장점이 있는가, 그리고 예측되는 마이너스적인 면의 감소 경향을 부가시킨 것, 예상되는 성과에 대한 자료 등이다.

그것들을 어디에서 모으는가에 대해서는 다음과 같은 것이 있다.

★ 자신의 체험으로부터 수집한다.

직접적으로 자신이 체험한 것 중에서 이것에 관련이 있는 것을 찾아낸다. 자신의 체험이라는 실감을 가지고 이야기할 수 있다.

★ 타인의 체험을 수집한다.

자기뿐 아니라 좀더 광범위한 객관적인 자료가 있다면 훨씬 상대방이 납득할 확률이 높다. 특히 권위 있는 기관, 전문가, 학교, 공공기관 등의 자료는 효과적이다.

★ 실험에 의한 데이터를 조사한다.

구체적인 숫자는 현대인의 강한 관심사 중 하나이다.

★ 그 외의 관련 자료를 모은다.

상대방이 신뢰할 수 있는 사람의 의견, 널리 인정받고 있는 원칙이나 법칙 등이 여기에 해당한다.

2. 자료를 분류한다

1. 에서 수집한 여러 가지 자료 중에서 그 목적에 적당하게 맞는 자료를 선택해 내는 것이 원고를 잘 작성하는 데에 기본이 된다. 그리고 자료를 잘 간추려 분류해야 한다.

이들 자료를 통해서 이것을 이야기하자. 그것을 예로 들자 등의 이야기의 흐름이 보이게 될 것이다.

★ 플러스 자료

★ 마이너스 자료

★ 금액 등 숫자를 뒷받침하는 자료

★ 경쟁사와의 비교 자료, 즉 상대의 강점, 유력한 데이터 자료

3. 자료의 최종 결정, 위치를 결정한다

2.에서 간추린 것 중에서 다음의 기준에 비추어 실제로 원고에 집어 넣어야 할 것을 선택한다.

★ 이야기만으로 되는 것과 시각적인 자료를 필요로 하는 것을 분류한다.

★ 큰제목으로 할 것, 소제목으로 할 것 등 레벨에 맞추어 생각하여 선택한다.

★ 그대로 묘사하는 것과 항목으로서 넣을 수 있는 것을 분류한다.

그렇게 해서 선택을 했다면 그 자료를 전체적인 관점에서 역할을 확인한다.

★ 직접적인 관련이 있는 것 – 주제를 부연하는 화제나 자료

★ 간접적인 관련이 있는 것 – 차선의 방법이나 간접적으로라도 주제를 뒷받침해 줄 수 있는 것

★ 부속적으로 필요가 있는 것 – 흥미를 끌어들이기 위한 것, 여유가 있다면 들려주고 싶은 것, 이야기에 맛을 주기 위하여 필요한 예문

4. 이야기를 잘 전개시켜 나가기 위한 방법

이해를 시키고자 하는 목적을 가지고 설명을 하는 경우라면 포인트가 되는 부분을 먼저 말하는 것이 효과적이지만 계속해서 들려주거나 흥미를 계속해서 끌어야 하는 데에 목적이 있다면 "그리고 나서", "어째서" 라든지 "어떻게 될까" 등의 말로 흥미를 일으켜 의문을 갖게 하는 전개방식이 효과적이다.

★ 일반적인 배열 – 시간적, 공간적 배열 등을 중심으로 하여 이해하기 쉽도록 배열한다.

★ 병렬적인 배열 – 경제적 메리트, 조작의 특징, 응용 범위 등에 대해서 3가지의 특징을 이야기하겠습니다 등의 같은 레벨에서 병렬적으로 이야기하는 방법

★ 설득을 목적으로 한 배열 – 인과관계, 실적, 전문가의 증언 등을 뒷받침해 줄 자료를 들어 증명하고 납득시킨다.

5. 단락간에 상호 연결이 되도록 한다

두서없이 말을 하는 버릇이 있는 사람은 확실히 단락을 지어가며 "OO에 대해서 3가지만 설명하겠습니다. 그 첫 번째는……." 등의 자기가 이야기하기 편한 패턴을 몸에 익혀두는 것이 좋다. 또한 어떤 것을 연속적으로 이야기한다면 듣는 사람이 당혹스럽지 않도록 단락별로 연결고리를 지어가며 이야기해야 한다.

이야기를 하고 있는 동안에 말이 잘 이어지지 않는 경우가 있다. 또한 문맥이나 논리적으로 전혀 앞뒤가 맞지 않게 말을 하는 사람도 있다. 이것은 갑자기 이질적인 것을 끌어내었기 때문에 주제가 통일되지 않거나 전후의 문맥이 맞지 않아 말이 자꾸 끊어지기 때문이다.

그렇게 되지 않기 위해서는 다음과 같은 점에 주의를 기울이는 것이 좋다.

★ 부분과 부분 사이를 확실히 관련시킨다.

★ 부분과 전체와의 관계를 확실히 한다.

★ 이야기의 진행 방법에 필요없는 부분이 없도록 한다.

6. 시간에 맞추어 이야기를 하는 비결

자료를 많이 가지고 임하는 것은 중요하지만 그 분량을 시간에 잘 맞추지 못한다면 오히려 듣는 사람을 혼란스럽게 한다. 제각각의 재료에 대해서는 ABC 등으로 우선순위를 결정해 두는 것이 편리하다. 그 자리의 상황에 맞추어서 변경해 가는 것도 좋다.

A – 어떤 일이 있어도 이것만큼은 빠뜨려서는 안 된다는 최우선의 내용

B – 비교적 가치가 높은 내용으로 가능한 이야기하는 것이 좋다고 생각하는 내용

C – 시간적으로 여유가 있으면 이야기하는 것이 좋다고 생각하는 내용

7. 여운을 남겨라

길게 이야기를 한 경우 마지막 5분간은 열변을 토해야 한다. 이야기 전체의 정리단계로서 강렬한 여운을 남기며 매듭을 지어야 한다.

★ 결정적인 예를 들어 끝을 맺는다.

★ 수량화하여 숫자로 압축한다.

★ 자신의 체험을 이야기하여 인상에 남긴다.

★ 전문가의 지적을 인용하여 납득시킨다.

어찌 되었든 타인에 대해서 이야기를 할 때 특히 연설과 같이 오랜 시간 계속해야 할 때에는 일단 이런 식으로 이야기를 해야겠다고 사전에 원고를 준비해둘 필요가 있다. 어떻게 되겠지 하는 안이한 생각으로는 아무것도 안 된다.

36

말 한 마디가 사람을 움직인다 '액셀' 도 '브레이크' 도 된다

인생을 이렇게 보내고 싶다거나, 이런 것을 해보고 싶다고 생각하더라도 자기 혼자서는 어쩔 수 없는 경우가 많다. 그런 때에 다른 사람의 힘을 빌리거나 타인의 협력을 청하지 않으면 안 된다. 이럴 때 설득의 중요성을 느끼게 된다.

분업화가 진행되어 사람과 사람과의 협력 관계를 이루어 가고 있는 오늘날의 사회에서는 설득력을 필요로 하는 경우가 점점 더 많아지고 있다.

설득이란 상대방의 납득이나 행동을 요구하는 것을 목적으로 한 이야기의 기능이다. 이 목적을 좀더 구체적으로 말하면 최종적으로는 상대방을 행동하게 하고, 정지시키고, 납득시키고, 더 열심히 하게 만드는 것이라고 생각할 수 있다.

그러므로 자기가 생각하고 있는 것을 그저 일방적으로 떠들거나 강제로 떠맡기는 것만으로는 진정한 설득이라 말할 수 없다. 상대방이 스스로 그렇게 하고자 생각하게끔 만드는 것이 바로 설득이다. 그렇다면 사람은 무엇을 기준으로 하여 움직이는가, 혹은 무엇을 추구하며 움직이는가 하는 점들을 먼저 알아둘 필요가 있다.

★ 조금이라도 이익이 생기는 것에 약하다.

사람은 물질적, 지적 손해와 이득을 저울에 단다. 손해와 이득이 걸린 문제라면 손해보다는 이득이 되는 쪽으로 움직인다. 양쪽 모두 이득이 된다면 보다 더 이득이 되는 쪽으로, 손해를 본다면 조금이라도 손해가 적은 쪽으로 움직이는 것이 일반적인 사람의 행동 패턴이다. 그러므로 설득을 할 때에는 가능한 상대방이 움직이기 쉬운 조건을 제시하도록 하지 않으면 안 된다.

단열재를 팔고 있는 영업사원이 있었다. 그는 겨울이 되면 일부러 흐린 날을 골라 손님을 찾아간다. 지붕으로부터 폭포처럼 눈이 녹아 떨어지는 곳을 가리키며 그는 이야기를 꺼낸다. "오늘은 흐려서 태양열이 약합니다. 이렇게 눈 녹은 물이 대량으로 흐르면 그만큼 난방을 하는 데에 열량을 필요로 합니다. 이 열량의 손실은 굉장히 큽니다. 저희 단열재는 이와 같은 열량의 쓸데없는 손실을 막는 역할을 해줍니다. 처음에는 조금 비용이 들지만 한번 하시면 반영구적이므로 오히려 장기적으로 보았을 때에는 훨씬 이득입니다."

이런 방법으로 그는 상당히 실효를 거두고 있다고 한다.

"저희 회사는 전국의 이백수십여 곳에 지점을 두고 있으므로 고장이 나더라도 한 시간 이내에 전국 어디라도 달려갈 수 있습니다." 하고 영업사원들은 말한다. 물건을 팔기 위한 설득이라면 애프터서비스가 얼마나 충실한가 하는 등의 물건에 대한 보장이 분명하다는 생각이 들게 하는 것이 강한 힘이 된다.

이것은 물건 뿐만이 아니라 지적인 면에서도 마찬가지이다. 사람은 손해와 이득을 구체적으로 제시하면 쉽게 납득한다.

★ 누구는 '역시!' 라는 말을 듣고 싶어한다.

물질적, 지적 손득만이 아니라 사람은 명성이나 명예를 기준으로 해서 움직인다. 사회봉사활동, 자선단체에 대한 기부 행위 등은 어떤 의미에서는 분명한 손해라고 할 수 있으므로 물질적인 손득으로 움직인다는 논법으로는 설명할 수 없다.

하지만 기부를 하는 것은 물질적, 혹은 지적인 이익은 없더라도 정신적인 메리트가 있으므로 결국 그 사람은 이득을 보게 된다. 칭찬의 말 등이 대표적인 것이다.

어느 백화점의 넥타이 매장에서 있었던 일이다. 점원이 권하는 넥타이가 몇 개인가 진열되어 있다. 손님이 가장 비싼 것으로 손에 잡은 순간 점원이 "역시 손님 눈이 높으시네요." 하고 칭찬을 했다. 칭찬을 들은 손님은 그 넥타이와 다른 넥타이 두 개 등 합해서 세 개를 샀다. 이것은 결코 특이한 예가 아니다. 이 점원의 설득은 적중했다고 할 수 있지 않을까? 사람은 칭찬의 말을 갈망하고 있다.

★ 싫어하는 것 이상의 브레이크는 없다.

어느 심리학자는 "일반적으로 남자는 좋은가 나쁜가로 판단하고 여성은 좋아하는가 싫어하는가로 판단한다."라고 말했다. 여성만이 아니라 좋고 싫음에 좌우되는 것은 남자들도 마찬가지이다.

어느 소프트웨어 회사의 K부장은 정의감이 강하고 성실한 사람이다. 당시 그는 그때까지 10년간 거래를 계속해 오던 M사로부터 개발업무를 잔뜩 부탁받았다. 한 소프트웨어를 개발하고 있을 때의 이야기이다. 완성까지 처음의 예상보다 크게 늦어졌기 때문에 K부장은 M사로부터 계약위반으로 수천만 원을 요구받았다. 그러나 그것은 K부장 측의 책임은 아니었다. 도중에 M사에 의한 설계 변경이 몇 차례가 있었기 때문이었다.

K부장은 재빨리 M사를 방문하여 그 사실을 주장하고 결국 M사가 그 잘못을 인정하게 했다. 하지만 그 일로 M사의 담당부장으로부터 "당신과 같은 사람과는 더 이상 같이 일할 수 없다."는 말을 들었으며 그 이후로 M사로부터는 청탁이 들어오지 않았다고 한다. 정의감을 가지고 잘잘못을 따진 결과 상대방으로부터 위화감만을 사고 말았다. 이것은 어느 쪽이 나쁜가 하는 문제가 아니라 감정적으로 문제가 생기면 이렇게 된다고 하는 예이다.

K부장은 "그렇게 무리하게 하지 않는 것이 좋았을 것을 절반으로 타협을 보자고 말했을 때 적당히 인정했다면 이런 일은 없었을 텐데." 하는 말을 종종 했다.

말을 하는 방법에 있어서도 상대방의 의견에 갑자기 "그것은 다릅니다"라든지 "그런 일은 없습니다." 하고 공격적으로 말하는 사람이 있는데 이런 식으로는 아무리 잘못되었다고 생각하더라도 상대방은 반발을 하게 된다.

"그런 일도 있지요. 저도 예전에는 그렇게 생각한 적이 있습니다. 하지만 이것은 어떻습니까?" 하고 상대방에게 말한다면 받아들이기가 한결 쉬울 것이다. 이와 같은 표현법을 '긍정적인 대화법' 이라고 한다.

타인이 무엇인가를 해주기를 바랄 때 "OO해 주세요." 하는 명령법보다, "OO해주실 수 있습니까?" 하는 상담형의 말투가 저항을 적게 한다.

★ 논리적인 기준은 무시할 수 없다.

필자는 예전에 어느 건축사무소에서 근무한 적이 있다. 건축설계나 건축 확인의 신청을 대행하는 회사였다.

당시 "오늘 밤은 꽤 추워졌군." 이라는 말을 입버릇처럼 하는 직원이 있었다. 필자가 어리둥절해하고 있자 선배가 "추워졌다는 것은 자연현상적인 기온을 말하는 것이 아니라구." 하는 말을 했다. 시골에서 상경한 지 얼마 안 되는 필자가 그것이 "오늘 밤 한잔 어때?"라는 의미라는 사실을 안 것은 그리고 나서 꽤 시간이 흐른 뒤였다. 권력을 가지고 있는 직원이 노골적으로 술을 마실 것을 요구하면 다른 사람들에게 윤리적으로 부정적으로 보인다는 사실을 그 사람은 알고 있었고, 지금의 직장인들과 달리 수치심을 잃지 않고 있다는 증거이기도 하다.

업무상의 이해 관계가 있는 사람으로부터 취임 축하금이나 해외여행 경비 등을 받아 결국 사직을 하게 된 사람이 있다. 이것은 빙산의 일각에 지나지 않지만 그와 같은 일로 최근에도 많은 사람이 논리적인 기준에 민감해지지 않으면 안 된다. 한마디로 말하면 세상의 지탄을 받을 만한 일에는 잘 동참하려 하지 않는다. 반대로 세상 사람이 말하는 소위 올바르다고 생각하는 쪽으로 움직이려 한다.

★ 땀범벅이 되어 이야기하는 사람에게는 귀를 기울인다.

음성을 동반한 말의 특징은 문자로 쓰는 문장과 달라 음성의 강약, 고저, 완급, 격양이 그 효과에 크게 영향을 미친다.

아무리 좋은 내용이라도 개미소리처럼 작은 소리로 이야기한다면 좋은 수면제가 될지는 모르지만 사람을 움직이는 힘이 되지는 못한다. 작은 소리로 이야기하면 자신감이 없고, 애매한 느낌을 받게 된다는 점을 알아야 한다. 한쪽에서 열성적으로 이야기하면 상대도 열성적으로 듣는다. 이때의 스파크가 사람을 움직이는 강력한 에너지가 된다. 이쪽이 열의를 보이지 않는데 상대방이 움직일 이유가 없다. 열의는 전염된다.

자신감이 넘치는 음성, 단정적인 말투는 여러 가지 면에서 서로에게 플러스가 된다고 하는 확신으로부터 나온다.

N씨의 이야기는 내용면에서 이렇다 할 특징이 있지는 않다. 하지만 그가 이야기를 시작하면 모두가 귀를 기울인다. 그 이유는 그가 한겨울에도 어쩐 일인지 땀투성이가 되어 열심히 이야기를 하기 때문이다. 그는 때로는 모순된 것을 말하지만 그럼에도 부끄러워하지 않고 당당하게 이야기

한다. 무지란 무서운 것이라고 말하면 그럴 수도 있지만 듣는 사람은 그 박력에 압도된다. 세세한 부분까지 신경을 쓰지 않으면 마음이 편하지 않다는 사람에게는 강함이 보인다.

★ 이와 같은 보장은 무거운 엉덩이를 들어올린다.

인간이 움직이는 한가지의 기준으로서 '공포로부터의 도피' 라는 것이 있다. 자유로워지고 싶다, 안전하고 싶다는 강한 욕망에 호소해 보자.

안전 중에도 물질적인 안정과 육체적인 안정이 있다.

"정기적금은 10 년 이상 계속되는 것도 있다. 지금과 같이 변동이 심한 세상에서 회사에서도 오늘 당장 어떻게 될지 모르는데 그렇게 느긋하게 지낼 수만은 없다. 도중에 병이라도 나면 어떡하라고." 라고 말을 하면 "6 개월이 지나면 그 후에 얼마든지 일반적금으로 바꿀 수 있으니까 전혀 걱정할 것이 없습니다." 하고 외판원들은 자신을 가지고 말한다.

그것을 듣고 '그렇다면' 하고 고액의 정액적금에 가입하는 사람도 있다.

자동차 판매에서도 보증인을 세운다. 인간은 여러 가지 의미에서 장래의 불안감이 있으면 움직이지 않기 때문이다. 상대가 가진 불안을 하나씩 하나씩 없애 가는 것이 설득을 하는 데에 있어 가장 중요한 요령이라고 말할 수 있다.

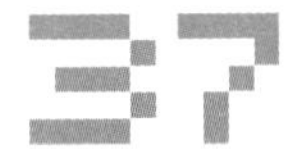

상대를 설득시키는 비법-
설득 포인트를 찾아라

어떤 일이든 어떤 사람이든 그리고 어디에서든 통하는 절대적인 설득 방법은 없다. 하지만 지켜야 할 조건은 있다.

1. 처음의 두세 마디로 승부의 80 %가 정해진다

상대방이 이야기를 들어 주지 않으면 의미가 없다. 처음부터 귀를 막고 거부하거나 상대방이 무관심하다면 설득을 할 길이 없다. 귀를 기울여 주지 않으면 그저 발성 연습과 다를 게 없다.

그러므로 이야기하는 사람이 이야기 내용에 관심을 갖게 하도록 궁리한다면 상대의 귀를 기울이도록 만들 수 있다.

도심의 한 학교에서는 매년 여름마다 교직원들의 합숙훈련이 있다고 한다. 그런데 한 여선생은 이 훈련에 참가하기를 완강히 거부했다.

"방학은 자신의 자유시간입니다."

교직원의 합숙훈련은 자발적으로 참가해야 하며 강요되어서는 안 된다. 참가하지 않는 구실로 여러 가지 이유를 붙이기 때문에 학교측으로서도 어쩔 도리가 없었다. 합숙을 주최한 교장 선생님은 웬만한 설득으로는 그 선생님의 생각을 바꾸게 할 방법이 없다고 생각해 어느 해 여름 합숙 전 그녀에게 이렇게 말했다.

"A선생 단팥죽 끓이는 솜씨가 대단하다던데."

"단팥죽은 누가 끓이나 마찬가지에요."

"그래도 칭찬이 자자해요. 가정과 선생님이니 맛이 다르지 않겠습니까?"

"그럴까요?"

그녀의 얼굴 표정이 환해졌다. 교장선생님은 '이때다' 하고 생각했다.

"A선생, 다른 선생님들에게 단팥죽을 만들어 주시지 않겠습니까?"

"그러지요. 언제요?"

"언제가 시간이 있으신가요?"

"15일 전이라면 언제라도 좋습니다."

"13일 낮은 어때요?"

"좋아요. 교장 선생님이 저에게 팥죽을 부탁하시다니 무슨 일이라도 있으세요?"

이번에는 A선생 쪽으로부터 흥미를 가지고 이야기를 해 왔다.

"실은 합숙중 배구경기를 한 후에 간담회를 가질 예정입니다. 그 때 간단히 먹을 만한 것을 준비하는 것이 좋겠다고 작년 합숙 때 의견이 나와서 말입니다. A선생님께 부탁 좀 드릴까 해서."

이렇게 해서 4 년 만에 A선생도 참가하여 여름 합숙 전원 참가를 이룰 수 있게 되었다고 한다.

설득을 할 때 상대의 장점이나 특기를 칭찬하며 이야기를 시작하면 좋은 성과를 거두게 된다.

상담을 할 때에도,

"B사에 전해드리고 싶은 말씀이 있어서 이렇게 달려왔습니다."

"비밀이야기라도 있습니까?"

"저희 회사에서 이번에 새로운 것을 개발했습니다. 그래서 제일 먼저 보여드리고 싶어서 달려왔습니다. 지금 5 분 정도 시간이 있으십니까?" 라고 말을 꺼내면 상대방도 그것이 무엇인지 궁금해져서 이 사람의 이야기를 좀 들어 볼까 하는 생각이 들게 될 것이다. 또한 평소에 상대방은 어떤 것에 흥미를 가지고 있는지에 대해 사전에 조사해 둘 필요가 있다.

2. 먼저 설득 포인트를 재빨리 찾아낸다

상대방을 움직이게 하기 위해서는 어디에 문제가 있는가, 즉 설득 포인트를 찾을 필요가 있다.

★ 플러스 설득 포인트 – 상대방의 요구에 맞는 것이나 상대방이 관심을 가지고 있는 것

★ 마이너스 설득 포인트 – 움직이고자 하는 기분을 방해하는 것

이와 같은 설득 포인트를 발견하기 위해서는 다음과 같은 방법이 있다.

★ 상대방의 흥미나 관심이 있는 것을 이야기하고 상대방의 기분을 살핀다.

★ 여러 가지 각도로부터 상대의 생각을 듣는다.

★ 우선 자신의 생각을 이야기해 보고 그 반응으로부터 상대방의 본심을 파악한다.

★ 질문을 던져 설득의 실마리를 찾는다.

★ 거절의 말로부터 중요한 정보를 잡아낸다.

★ 상대방의 행동, 어조, 자세로부터 욕구의 정도를 안다 등이다.

3. 불안지수를 제로에 맞춰라

점심식사를 하기 위해 밖으로 나갔을 때 당신은 어떤 음식점으로 가는가? 언제나 가는 곳은 들어가기 쉬울 것이다. 익숙해져 있기 때문에 불안감이 없기 때문이다. 처음 가는 곳이라도 문 바깥쪽에 메뉴나 금액이 적혀져 있으면 비교적 들어가기가 쉽다. 아무 것도 모르는 곳에 갑자기 들어갈 만큼 용감한 사람은 그리 흔치 않다.

설득도 이와 마찬가지이다. 즉, 구체적인 방법이나 결과를 사전에 안다면 나도 할 수 있다고 하는 성공의 가능성을 예측할 수 있으므로 움직이기 쉬워진다.

그럼 실제로 무엇을 하는 것이 좋은지 열거해 보자.

★ '할 일은 이것뿐!' 이라는 점을 분명히 하라.

그저 막연하고 추상적으로 말하면 움직여주지 않는다. 특히 사람은 어떤 행동을 일으킬 때, 어떻게 하면 좋을지에 대한 구체적인 방법을 잡지 못하면 불안해지게 된다. 다른 사람을 설득할 때에는 "이렇게 하면 좋다." 하는 명확하고 구체적인 방법을 제시해야 한다.

예를 들어 자동차의 판매에서 "현금을 제일 처음 3백만 원을 넣어주시면 그 다음에는 2년 반 동안 한 달에 50만 원씩 할부로 납부해 주시면 됩니다.

수속은 저희들이 모두 해 드립니다." 하고 말하는 것이 바로 이 방법이다.

★ 장점을 확실히 제시하라.

되돌려줄 기미가 전혀 보이지 않는 사람에게 돈을 빌려주거나 어떤 물건을 가지고 올지 모르는 처음 만나는 영업사원에게 우선 대금을 먼저 지불하는 사람은 없다. 설득을 하는 데에 있어서는 이 일을 한다면 얼만큼의 보답을 받을 수 있는가, 경제적인 이득을 벌 수 있는가, 이것이 완성되면 보너스가 얼마나 늘어날까, 혹은 승진하지 않을까 등 경제적, 정신적으로 플러스가 되는 장점 등을 확실히 제시할 필요가 있다.

★ 남의 눈에 적극 대처하라.

직장에서는 특히 모두가 어떻게 볼까 하는 불안감을 떨쳐버릴 수가 없다. 이 불안감을 없애는 것만으로 설득을 하는 일이 훨씬 즐거워진다는 점을 깨닫게 될 것이다.

4. 도망갈 구멍을 막으면 누구든 스스로 나온다

사람들은 누구나 타인으로부터 지시받고 싶어하지 않는다. 스스로 움직이고 싶어하는 내면적인 욕구를 가지고 있다. 그런데 자발적으로 의사를 밝히도록 하는 데에 여러 가지 방법이 있다.

★ YES를 유도한다.

상대가 "YES"라고 답변할 수 있는 질문을 하여 "그러면 이렇게 되겠군요." 하고 질문하고 "YES"를 이어 간다. 그리고 마지막으로 "그렇다면 이런 것이군요." 하고 도망갈 구멍을 사전에 막는다.

★ 불안감을 일으킨다.

"이렇게 하지 않으면 손해입니다." 하고 불안감을 불러일으키는 것도 효과적인 방법이다.

★ 폭을 넓힌다.

"어느 쪽을 하시겠습니까." 하고 복수의 물건을 제시하고 어느 쪽을 선택하게 하거나 "이번 내에 해주면 되요."등의 기간의 폭을 준다. 하나밖에 없는 것보다 몇 가지인가 선택의 여지를 남겨주어 자발적인 의사로 결정한다는 인식을 주도록 하는 방법이 있다.

★ 라이벌 의식을 이용한다.

대개의 사람들은 다른 사람보다 잘 보이고 싶어한다. 남에게 지기를 싫어한다. 질 수 없다는 경쟁의식을 이용하는 방법도 있다. “옆집 부인은 이 쪽을 더 마음에 들어하시던데요.” 등.

★ 마감을 정하고 독촉한다.

우유부단한 성격의 사람에게는 “이 달이 마감입니다.” 하고 분명히 말한다. 이것으로 결단을 독촉하게 된다.

★ 격려하여 납득시킨다.

“손님 정도시면 이 정도는 하셔야지요.” 하고 심리적인 우월감을 통해 납득시킨다.

★ 상대의 의견, 생각을 존중한다.

“맞는 말씀이십니다. 그래서 드리는 말씀입니다만…….” 하고 말하는 것도 좋다.

5. 상대의 장점을 칭찬한다

진심으로 칭찬하거나 감사의 말을 전하는 등 상대방에게 충족감을 안겨 준다. 또한 주위 사람에게 응원하게 하는 것도 하나의 방법이다.

한 프로 야구팀의 선수 훈련이 한창 화제에 오를 때의 이야기이다. 그 중 S선수가 훈련을 거부하여 유니폼을 벗으려고 한다는 이야기로 떠들썩했다. 당시 그 팀의 감독은 그 선수가 계속 있어주기를 간절히 바랐지만 섣불리 이야기를 꺼내면 콧대만 높아질 것 같았다. 그래서 감독은 신문기자에게 S선수와의 대담을 기획하도록 부탁했다.

S선수는 한마디라도 훈련에 관한 이야기가 나오면 즉시 그 자리에서 일어날 생각이었다. 하지만 감독은 대담이 끝날 때까지 그런 이야기는 한마디도 꺼내지 않았다. 감독의 의외의 태도에 놀라고 있을 무렵 감독은 "요전에 H선수에게 던진 볼은 일부러 던진 것이지?" 하고 물었다. 몇 개월 전 그는 경쟁 팀의 H선수에게 볼을 던졌는데 그것이 우연히 적중하게 되었다. 평론가들은 이것을 H선수의 실수로 보고, S선수가 상대의 성격까지 읽은 대단한 투구라는 점을 알지 못해 내심 속상해하고 있었다. 그런데 감독이 자신의 이런 숨은 재주를 알아주자 S선수는 순간 얼굴에 웃음이 돌았다. 그리고 며칠 후 그는 다시 팀에 복귀했다.

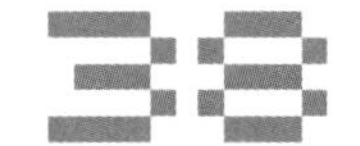

두려운 상대를 확실하게 공략하기 위해서는

그런데 아무리 설득의 노하우를 실천하더라도 좀처럼 넘어가지 않는 사람은 반드시 있게 마련이다. 그럴 때, 현명한 사람은 작전을 처음부터 다시 짜서는 다른 각도에서 다시 공격한다. 간단하게 포기하지 않고 어떻게든 좋은 결과를 내기 위해서는 구체적으로 어떻게 하는 것이 좋을까?

1. 몇 번이고 거절을 당하면 결심하라

설득의 기초가 되는 인간관계를 적극적으로 만들기 위해서는 최선을 다하여 노력하고 효과를 높이기 위하여 기회를 스스로 만드는 노력이 필요하다. 만나면 반드시 상호간의 마음의 교류가 활발해져서 언젠가는 설득과 연결된다. 한번으로 설득이 불가능할 때일수록 끈기 있는 접촉을 시도하지 않으면 안 된다.

★ 자연적으로 흐르는 물리적인 시간 – 오늘은 안 되었지만 일주일 정도 지나면 가능할지도 모른다. 인간은 변하기 쉬운 동물이니까.

★ 설득의 효과가 약해지지 않도록 노력하는 인위적인 시간 – 편지를 띄우거나 전화를 건다. 상대와 함께 참석할 수 있는 모임에는 반드시 참석한다. 인간은 만나면 만날수록 감정적인 위화감이 엷어진다. 그러므로 한두 번 정도의 실패로는 절대로 물러서지 않는다.

2. '당신의 부탁이라면…' 하고 말해 줄 수 있을 정도의 관계를 만들어라

호의적인가 비호의적인가는 설득을 하는 데에 있어서 대단히 중요한 문제이다. 좋아하는 사람이 한 말과 싫어하는 사람이 한 말은 받아들이는 정도가 전혀 다르다. 싫어한다면 동의해 줄 리가 없다.

"A씨가 말씀하시는 것이라면 무엇이든 하겠습니다." 하고 흔쾌히 대답을 해주는 사람이라도, B씨로부터 어떠한 부탁을 받게 되면 "무슨 일이지요? 좀 바빠서 힘들겠는데요." 하고 거절하기도 한다. 좋고 싫은 감정은 이성으로도 어떻게 할 수 없다.

비즈니스에 있어서 이것은 회사 안팎을 불문하고 해당되는 말이다. 비즈니스의 장래를 점치고자 한다면 입사하고 4, 5 년간 어느 정도의 인간관계를 잘 이루어 왔는가를 보면 된다. 그것이 바로 승진을 하는 데에 있어서도 유리하게 작용된다고 대기업의 능력개발부장이 말했다. 마음이 교류하지 않는 곳에는 자발적인 협동은 없다. 바꾸어 말하면 인간관계를 원만히 하는 것만으로도 일은 잘 진행된다. 인간은 이해와 협력의 심리가 작용하게 되면 다른 어떤 욕망의 힘보다 강하다.

그렇다면 다른 사람에게 호의를 받기 위해서는 어떻게 하면 좋을까?

★ 좋고, 싫음은 상호교환적인 것.

타인이 자신을 좋아해 주기만을 기다리고 있다면 언제가 될지 모른다. 영원히 호의적인 관계를 만들어가지 못할지도 모른다. 호의는 상호교환적이다. 자기가 타인에게 줄 것이 얼마나 있는지 생각조차도 하지 않는 사람에게 사람은 아무것도 돌려주지 않는다. 먼저 이쪽에서 호의를 가져보자.

★ 좋은 면이 보일 때까지 관점을 바꾸자.

갑자기 다른 사람을 좋아하라고 말해도 말처럼 그리 간단하지만은 않다. 그렇다면 어떻게 해야 좋을까? 사람을 좋아하기 위해서는 상대방의 좋은 면을 보아야 한다. 결점이나 나쁜 면만을 본다면 언제까지고 좋아하는 마음은 생기지 않는다.

장님 코끼리 만지듯이 사람도 한 면만을 보고 있으면 전혀 다른 사람으로 판단해 버리기도 한다. 사람은 보는 사람의 눈에 따라 달리 보인다.

먼저 적극적으로 좋은 면을 보는 따뜻한 마음, 부드러운 눈, 꾸밈없는 순수한 마음을 갖자. 이것은 인생을 살아가는 데 있어서도 중요한 문제이다. 타인의 좋은 점. 타인의 뛰어난 점을 진심으로 기뻐할 수 있다면 서로 간에 인생이 더욱 풍요로워질 것이다.

3. 상대방의 태도에 따라서 작전을 다시 세운다

전혀 가능성이 없는 점이나 상대의 능력의 한계를 넘는 것은 아무리 설득해도 의미가 없다. 그것은 아마도 상대방이 받아들여주지 않을 것이다. 때로는 실수로 받아들일지도 모른다. 하지만 한 번은 받아들여주었다 하더라도 결과적으로 좋지 않았다면 설득의 효과가 없는 것과 다름이 없다.

4. 쿠션 설득법을 좀더 살려라

어느 사람에게 무엇인가를 설득하고자 할 경우 나이, 사회적인 지위 등 여러 가지 사정이 있어서 잘 이루어지지 않을 것이라고 예상되는 경우도 있다. 또한 입장상 장해가 되는 경우도 있다. 이러할 때에 제 3자를 개입시켜 설득해보는 것도 하나의 방법이다. 이것을 '쿠션 설득법' 이라고 한다. 직접교섭이 아니라 대리교섭이다. 대리인 교섭이라고 해도 좋다. 그러면 어떤 사람을 대리인으로 선택해야 좋을까를 되짚어 보자.

★ 자신은 상대와의 인간관계가 좋지 않다고 생각할 경우에는 상대와 친한 사람.

★ 상대가 감정적이 되어 있을 경우에는 상대의 기분을 완화시켜줄 수 있는 입장에 있는 사람.

★ 본심을 털어놓지 못할 분위기일 경우에는 상대가 이야기하기 쉬워하는 사람.

★ 상대가 동경하는 사람이나 존경하는 사람.

★ 상대보다 나이가 많은 사람.

★ 자신보다 지위가 높은 사람.

5. 총력을 기울여라

물리적인 힘, 권력, 금력, 물력, 사회적인 배경 등 이야기만이 아니라 살릴 수 있는 것은 모두 활용한다. 설득은 총력전이다.

여기에서 말하는 권력이란 설득자나 설득에 대한 부가적인 힘이 될 만한 것을 말한다. 우리 사회에서는 나이가 가치를 가질 때도 있다. 직위나, 사회적인 입장, 또한 그것을 전문으로 하는 것으로 신뢰를 얻을 수도 있다. 그러므로 그 외에 아무도 없는데도 과장이나 주임, 강사 등의 직함을 사용하기도 한다. 이것들을 설득에 활용할 수 있다면 그것도 또한 활용해야 한다.

단, 금전적, 물질적인 것에 너무 치중하여 공공성을 잃거나, 관습 이상의 것을 베풀게 되면 그 당시의 설득에서는 성공할지 모르나 나중에 조직이나 주위 사람들에게 피해를 주는 경우도 있다. 이런 사태를 미연에 방지하기 위하여 사회적인 기준을 마련해야 한다. 사회 일반적으로 허용되는 척도를 가지는 것이 비즈니스맨의 필수항목이다.

6. 공략법은 상대의 가슴

능숙한 사냥꾼은 동물의 발자국만으로도 그 동물을 알고 변을 보고 언제쯤 배설된 것인가를 짐작한다고 한다. 오랜 동안의 체험에 의해 그것을 알아보는 능력이 몸에 배게 되었기 때문이다. 이야기의 경우도 마찬가지다.

듣는 사람은 그 심판권에 따라서 "이렇게 말했으면 좋겠다."든지 "이런 것을 이야기하기를 바란다." 하는 요구를 가지고 있다. 설득을 하는 사람은 상대가 흥미나 관심을 가지고 납득할 수 있는 것을 이야기하고 공감을 얻을 수 있도록 하지 않으면 안 된다. 자기만 관심이 있는 이야기만을 늘어놓거나 설득 내용과는 상관없는 이야기에 빠져 버리면 오히려 역효과를 가져오기도 한다.

'이 사람, 도대체 무슨 말이 하고 싶은 거야.' 하는 생각이 들게 된다면 이야기는 그 자리에서 끝나 버린다. 또한 말하는 것은 알고 있지만 내용적으로는 찬성할 수 없는 경우가 현실적으로는 많이 있다. 자기가 하는 말의 신빙성에는 주의를 기울일 필요가 있다. 그리고 상대방의 사고방식을 확실히 파악한 후에 이야기를 하는 것이 좋다. 그 힌트는 상대방의 반응 요소요소에 흩어져 있다.

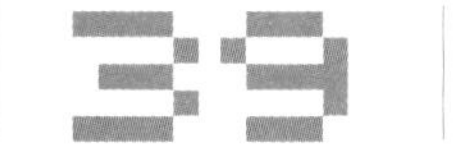

성장의 지레가 되는 말을 아까워하지 말라

칭찬의 말, 따뜻한 격려의 말은 그것을 받은 사람에게 신뢰와 용기를 준다. 그 자신과 용기가 사람을 다음 행동으로 움직이게 하는 데에 강한 추진력이 된다. 그리고 그 사람이 자신의 벽을 깨고, 성장하기 위한 강력한 지레의 역할을 해준다.

자신의 가치를 정당하게 인정받는 것은 우리들에게 있어서 가장 기쁜 일이다. 그러므로 타인으로부터 칭찬을 들으면 칭찬을 해준 사람에게 호감을 갖게 된다. 인정해준 사람의 좋은 점을 반대로 높게 평가하게 된다. 너무 타산적으로 생각해도 곤란하지만 결과로서 그렇게 된다고 생각하는 것이 좋다.

칭찬을 듣고 화를 내는 사람은 없다. 어떠한 명곡보다도 칭찬의 말은 진한 감동을 가지고 마음에 전달된다. 누구나 칭찬에는 약하다. 그러나 칭찬받는 기쁨은 구체적인 형태로 강하게 표현되지 않기 때문에 우리들은 효과를 놓쳐 버리는 경우가 종종 있다.

칭찬의 말은 다음에 열거하듯이 인간의 강한 욕구를 충족시켜 준다.

★ '덕분에…….' 라는 말을 듣고 싶다.

오랜 기간 동안 어느 모임의 간사를 맡고 있는 사람이 있었다. 그는 많은 회원들로부터 "OO씨가 있어서 일을 도맡아 해주니 우리 모임이 오래 지속되는 것이다." 라는 말을 듣는 것이 좋아서 지금까지 많은 것들을 희생해 가며 간사라는 직책을 맡고 있다고 말했다.

다른 사람들에게 도움이 된다고 생각할 때에 느끼는 기쁨은 타인이 상상하는 이상으로 커다란 것이다. 그것은 인간의 최대의 기쁨이기도 하다. 주는 기쁨에 속한다. 인간은 의외로 본질적으로 어느 정도 봉사정신을 가지고 있다. 착한 일을 하면 마음이 뿌듯해지는 것이 바로 이런 까닭이다.

★ '내가 없어도 되지 않을까' , 사람은 그런 공포와 싸우고 있다.

A전자주식회사의 어느 부서에서는 과장을 중심으로 모두 15명이다. D씨는 과장과 마음이 잘 맞지 않았다. 과장과 함께 있으면 왠지 하고자 하는 의욕이 생기지 않는다. 아니 과장은 다른 사람에게는 일을 잘 시키는데 자기에게는 잡무만 시키는 것 같다. 어쩌면 자기를 필요로 하지 않는 것은

아닐까 하는 의문이 생겼다.

그 과에 부임하고 6개월이 지나고 첫 새해를 맞이하였다. D씨는 과장으로부터 연하장을 받았다. 연하장 속에는 "자네의 뛰어난 발상이 우리 부서에서는 너무나 많은 도움이 되고 있다네. 올해도 자네의 활약을 기대하고 있겠네." 하는 내용이 적혀 있었다. D씨는 처음에는 자신의 눈을 의심했다. 지금까지 마음대로 자기는 필요하지 않은 존재라고 생각해 왔기 때문이다. 그리고 그렇게 지레짐작하고 있던 자신이 부끄러워졌다.

그 이후 그는 적극적으로 일을 했고 주위 사람들로부터도 주목을 받게 되었다. 사람은 타인으로부터 기대를 받으면 그것에 보답하려고 노력하게 마련이다.

★ "당신이 아니었으면 안 되었을 것이다."이 VIP 대우가 기쁘다.

어느 모임에서 이사장을 오랫동안 역임해 왔던 사람이 있다. 이사장은 명예직으로 경제적인 이점은 전혀 없다. 그런 귀찮은 일을 한푼도 받지 않으면서 열심히 한다는 생각으로 주위 사람들은 동정하고 있었다. 그러나 정작 본인은 타인이 동정을 하는 것에는 아랑곳없이 오히려 즐거운 마음으로 일을 하고 있었다.

"이사장이라는 자리는 모임의 상징적인 얼굴이므로 달리 적임자가 없습니다. 선생님과 같으신 분이 아니라면 대외적으로도 통용되지 않습니다" 이런 존경의 말 한마디에 흔쾌히 이 자리를 맡고 있다.

이 이사장만이 아니다. 인간은 타인의 존경이나 칭찬을 갈망하고 있다.

★ 누구든 진정한 힘을 인정받고 싶어한다.

한 초등학교에 내성적으로 언제나 혼자 외톨이로 있는 소녀가 있었다. 성격적인 탓도 있었지만 아토피성 체질로 피부가 좋지 않은 까닭도 있었다. 그 소녀는 점점 혼자가 되어 외로워했다. 어느 날 투고를 한 그 소녀의 시가 입선하여 그 소녀는 한 일간지에서 주최하는 표창식에 출석했다. 담임 선생님도 반 친구들도 모두 그 소녀의 입상을 진심으로 축하해 주었다.

그 소녀는 그 이후 성격이 너무도 달라져 상당히 밝아졌다. 인정받을 때에 느끼는 기쁨은 사람의 성격까지도 바꾼다. 소녀는 지금 대학생이 되어 즐거운 나날을 보내고 있다. 이것은 중학교에서 교편을 잡고 있는 필자의 친구로부터 들은 이야기이다.

★ 진심이 담긴 감사의 말 한마디가 가진 무게

지금으로부터 30여 년 전 A는 고향으로부터 쫓겨나듯이 도심으로 나왔다. 1960년대의 일이다.

그때의 허무함은 이 후로도 계속해서 그의 뒤를 따라다녔다. 하지만 시간이 경과함과 동시에 심적으로도 여유가 생겨 괴로움이 오히려 감사의 마음으로 변해 있었다.

'그 사람들로부터 쫓기듯이 이곳으로 나오지 않았더라면 공부를 할 기회를 영원히 잃었을지도 모른다. 오늘날 이렇게 평범하지만 행복하게 살 수 있는 것은 모두 그 사람들의 덕분이다.'

A는 몇 년 후 고향으로 돌아가 혼자서 그 사람들을 모아 놓고 경로회를 열게 되었다.

어느 날 A의 손에 우편요금 부족의 편지가 도착했다. 서툰 글씨에다가 문장도 조금 유치했다. 이것으로 보아 평소에 글을 잘 쓰지 않는 사람이라는 것을 짐작할 수 있었다. 그 안에 음식점에서 대접을 받은 것에 대한 감사의 말이 반복되어 적혀 있었다.

그 날 다른 사람보다도 1시간 이상이나 빨리 회장에 달려온 B씨로부터의 편지였다. A는 그 때의 일을 새삼 머릿속에 떠올렸다.

"A씨가 식사를 대접하신다고 하기에 오늘이 오기를 기다리고 있었습니다." 하는 말이 끝나는 순간 눈물을 떨어뜨리며 고개를 숙였다. 오랫동안 흙과 싸우며 검게 그으른 얼굴은 온화했고 아름다웠다. 여러 명의 선배들이 같은 말을 했다. 그것만으로도 그 마음이 전해져 가슴 한켠이 찡해졌다. 그 옛날 자신을 내쫓을 때에 그들은 차가웠지만 이제 모두 지난 일이라는 생각이 들었다.

이 대선배들로부터 감사받을 것을 기대하고 경로잔치를 연 것은 아니지만 경로잔치를 열기를 잘했다는 생각에 행복감까지 느끼게 되었다. 그리고 나서 몇 번이고 같은 일을 하게 되었다. 미움과 반목을 뛰어넘은 감동을 공유하는 행복은 인간 최대의 기쁨이다.

★단 한마디의 칭찬이 일생을 결정한다.

얼마 전 세상을 떠난 한 유명한 작가가 그의 저서를 통해서 자기가 겪었던 한 가지 에피소드를 이야기했다.

초등학교 3학년 때였다. 담임 선생님께서 시를 쓰라고 하셨다. 그는 그 자리에서 쉭-성냥 후우 – 담배 담배 마시고 싶다라는 시를 썼다. 이것을 보고 선생님은 극찬을 마지 않았다. "그 때 선생님의 칭찬이 소설가가 될 수 있었던 작은 씨앗이 되었다." 라고 썼다.

그의 독특한 문장과 뛰어난 한 사람의 작가의 탄생은 선생님의 단 한마디의 칭찬이 직접적인 원인이 되었다. 필자는 그의 문장을 접했을 때 칭찬을 하는 것이 얼마나 중요한 일인가를 다시한번 깨닫게 되었다.

이것은 인간은 칭찬받기를 갈망하지만 칭찬의 말은 한 사람의 인생도 바꿀 수 있는 전형적인 예이다.

★ 누구나 응원받고 싶어한다.

필자는 나이를 먹고 나서 젊은 사람들과 생각의 차이를 느끼고 있었기 때문에 신입사원의 교육은 모두 아래 직원들에게 맡기었다.

그러던 어느 날 N사의 신입사원 교육을 담당받게 되었다. 항상 직원들만이 가서 교육을 했기 때문에 한 번쯤은 소장으로서 인사 겸 가 보겠다는 생각에서였다.

한 중소도시에 있는 사업소를 담당하고 있었던 때의 일이다. '화술과 인간관계' 라는 하루 코스의 강연을 열심히 마치고 마지막으로 인상에 남았던 이야기 등의 감상을 발표하는 시간을 가졌다. 하루종일 필자의 이야기를 신중한 눈빛으로 귀를 기울여준 성실한 젊은이들과 하루 동안 같은 시간을 공유할 수 있었던 기쁜 마음을 가지고 질문을 했다. 40 명이었는데 지금도 생각나는 감상들이 많이 있었다.

"이 강좌에서 뜨겁게 불타오르는 희망을 갖게 되었습니다."

"선생님의 부드러우면서도 힘이 있는 이야기에 매료되었습니다."

처음에는 그저 겉치레로 하는 말이겠거니 했지만 그들의 이런 말들에 격려되어 결과적으로 필자는 지금도 그 회사만은 직접 출강하도록 하고 있다. 매년 반복되는 일이지만 결과적으로 이러한 격려의 말이 열의를 가져다 주었다.

★ 기대는 최고의 촉진제.

"자네들에게 시켜서 한 번도 잘 된 적이 없어."

"자네가 할 수 있을까?"

"자네밖에 없나? 할 수 있을까? 아무도 없다니 어쩔 수 없지. 이것 저녁 때까지 해 줘."

"신입사원한테는 어려울 텐데 모두 바쁘니 할 수 없군. 이 것 빨리 해 줘." 하고 언제나 부정적인 말투로 이야기하는 상사가 있다. 이 상사가 전근하기까지 2년간 그 사무실의 공기는 침체되어 모두 가지고 있던 힘을 충분히 발휘하지 못했다.

어느 날 상사가 바뀌었다. 그 상사는 전임자와는 전혀 다른 타입이었다.

"자네들이라면 할 수 있을 거야 해 보게."

"마침 자네가 있어서 다행이군. 조금 어려운 일이긴 하지만 시간이 걸려도 좋으니 주의해 가며 하면 할 수 있을 거야. 부탁하네." 하고 언제나 기대하고 있는 것을 구체적인 말로 표현하며 일을 시키는 사람이었다. 이 상사가 오고 나서 사무실의 분위기는 훨씬 밝아지고 성과도 올라갔다고 한다.

★ 사랑하는 것은 결코 버릴 수 없는 것.

어느 제약회사에서 근무하고 있던 Y씨는 입사 초기부터 너무나 바빠 매일 밤 야근이 계속되었다. 어느 날 오후의 일이다. Y씨가 소속되어 있는 어느 F연구소 팀의 팀원이기도 한 M양으로부터 "오늘 밤, 함께 식사하시지 않겠어요?" 하는 전화가 걸려 왔다. 그는 "야근으로 귀가 시간이 늦어지는데 다음에 하지요." 하고 정중하게 거절했다. 게다가 감기까지 걸려 나가고 싶은 기분도 아니었다.

그녀는 그때 목소리의 상태로 알아챘는지 "어머 감기 걸리셨나 봐요." 하고 물으며 자세한 증상을 물어보았다.

그날 밤 Y씨가 자기 집에 도착했을 때는 이미 12시가 넘어 있었다. 이상해서 보니 아파트 현관문에 작은 종이 봉지가 걸려 있었다. 그녀가 놓고 간 것이었다. 거기에는 한 장의 메모지가 들어 있었다.

"요즘 유행하는 감기에 잘 듣는 약이니까 오늘 밤 드시고 주무세요." 라고 적혀 있었다. 메모한 시간이 오후 11시가 넘는 것으로 보아 Y씨가 도착하기 한 시간쯤 전에 다녀갔던 것 같다.

Y씨는 그 팀 중에서 친구로서 몇 명인가의 여성과 서로 비슷하게 친하게 지내고 있었는데 이 일이 계기가 되어 그녀와 결혼을 하겠다고 결심을 했다. 한동안 교제를 해 왔는데 불행하게도 그녀는 암으로 20대의 젊은

나이에 요절하고 말았다. Y씨는 오랫동안 충격으로부터 벗어나지 못했지만 몇 년이 지나고 조금씩 마음이 정리되었다.

Y씨는 지금도 그녀의 사랑을 가슴 깊이 묻어 두고 괴로울 때 그녀를 생각하며 격려받고 있다고 한다.

인간에게 있어서 진정으로 사랑하는 것, 사랑받는 것은 아름다운 일이다. 사랑이란 버릴 수 없는 것이다.

그런데 칭찬의 중요성을 알고 있으면서 좀처럼 타인을 칭찬하지 못하는 사람이 있는 것은 왜일까? 다른 사람에 대한 애정이 없어서일까? 타인의 좋은 점을 인정하지 못하는 에고이즘의 발현일까? 이것은 보는 눈, 듣는 귀가 가려져 있기 때문이다. 그것을 보는 마음, 듣는 마음이 없기 때문이라고 말할 수 있다.

칭찬을 하지 못하는 사람은 어떤 사람일까?

★ 자신의 일만 열중하여 타인의 이야기를 들으려고 하지 않는다.

★ 칭찬할 만한 것을 보지 못한다. 즉, 칭찬해야 할 사실을 깨닫지 못한다. 좋은 점을 받아들이려는 능력이 결여되어 있다.

★ 사회성이 부족하여 칭찬을 해야 할 때에도 하지 못한다. 즉 사교의 매너를 모른다.

★ 상대보다 자신의 힘이 없기 때문에 타인을 칭찬할 여유가 없다.

★ 칭찬하는 것에 따라서 상대적으로 자기가 떨어지는 것이 싫다.

★ 칭찬하는 것의 뛰어난 효과를 모른다. 즉 타인에 대한 배려가 결여되어 있다.

★ 경쟁상대를 견제하기 위하여 의식적으로 칭찬해야 할 것을 무시한다.

이런 것을 생각하면 타인을 솔직하게 칭찬할 수 있는 사람은 자기 자신이 상당한 힘을 가지고 있거나 정신적으로 여유가 있는 사람이라고 할 수 있다.

40

원하는 만큼 효과를 올리기 위한 **칭찬하는 법**과 그 **7가지 테크닉**

한마디의 칭찬을 하더라도 겉치레 인사말을 하거나 비위를 맞추기 위해 아부를 하는 것이라면 오히려 역겹게 들리거나 일부러 하는 것이 드러나 상대방이 기분 좋게 받아들이지 않는다. 또한 너무 지나치게 칭찬을 하여 오만하고 거만해지는 역효과를 낳을 수도 있다.

이렇게 되지 않기 위하여 실제로는 어떻게 하는 것이 좋을까?

★ 먼저 분명한 사실부터 공격하라.

마음에 없는 겉치레 인사말에는 저항감을 느끼지만 정말로 그 사람의 좋은 점을 인정하고 완벽하게 이해하며 칭찬하는 말 만큼 기쁜 것은 없다. 그것은 틀림없는 사실이기 때문이다. 상대방을 잘 관찰하려는 관심과 따뜻한 애정을 가지고 있지 않다면 상대방을 올바르게 판단할 수 없는 일이다. 다음과 같은 사실에 주목하자.

- 성격 – 상냥함, 책임감, 끈기.
- 능력 – 일이 빠르다, 글씨를 잘 쓴다 등.
- 변화 – 어제보다 오늘이 전화받는 태도가 좋다, 오늘 대응 솜씨는 상당히 좋았다 등.
- 업무 – 계산에 틀림이 없다, 신속하게 일을 처리한다.
- 소유물 – 책이 많다, 넥타이에 센스가 있다, 양복이 멋있다 등.
- 용모 – 어머니와 닮았다, 어머니가 젊으셨을 때는 미인이셨겠다 등.
- 환경 – 사는 동네가 좋다 등.
- 이력, 지성 – 외국에 오래 유학했다, 연구논문이 OO지에 실렸다 등.
- 일의 성과 – OO상을 수상했다, 힘들여 만든 건축이 미술과 콩쿠르에서 우승했다 등.
- 교우 관계 – 유명한 대학 교수와 친분이 있다 등.
- 기타 – 흥미, 재산, 학력, 지위, 명예, 건강, 아이디어, 가족, 친척, 작품 등.

★ 상대방이 깨닫지 못하는 장점을 칭찬하라.

"또야?" 하는 말을 듣지 않을 정도로 칭찬을 해야 한다. 같은 사실을 반복해서 칭찬을 하면 상대쪽에서는 "또 시작이군." 하는 생각을 하게 된다. 한마디로 신선미가 떨어진다. 사무적으로 말하는 듯한 생각이 들게 한다. 마음이 곁들여지지 않으면 상대에게 제대로 전해지지 않는다.

그러므로 상대가 미처 깨닫지 않고 있는 장점, 그다지 다른 사람으로부터 듣지 못했을 것 같은 좋은 점, 혹은 눈에 띄지 않는 장점 등을 지적해 보자. 깨닫지 못하는 자신을 발견하는 기쁨은 여러 가지 의미에서 대단히 크다.

필자 자신의 경험을 되새겨 보면, 필자는 오랫동안 효과적으로 이야기하는 것은 인간생활에 있어서 절대적으로 필요한 것이라고 생각하고 있었다. 그렇지만 막상 자신이 강사가 되어 이야기를 하고 듣는 것을 지도하는 즉 프로 강사가 되리라고는 한번도 생각해 본 적이 없었다. 또한 그런 능력이 있다는 생각은 하지 못했었다(안타깝게도 지금도 그 생각은 변함이 없다. 지금도 무척 애를 먹고 있다). 실제로 사투리를 쓰고 있고 외국어라고는 하나도 제대로 할 수 있는 게 없다.

언어과학 연구소에서 상급반까지 수강하고 있는 동안에 같은 친구들과 헤어지기가 싫었던 것과 조금 더 자신의 공부를 위해서라고 생각하고 강사 시험을 보고 연수생이 되었다. 연구회에 출석을 하게 되고 보다 고도한 공부를 할 수 있다는 장점과 장래에 정치의 길을 걷고 싶다고 하는 목적을 가지고 있었기 때문에 연설공부에 전념하게 되었다.

어느 날 사무실 여직원으로부터 "어제 이사회에서 선생님 한 사람만 준회원이 되었어요." 하는 전화가 왔다. 깜짝 놀라 자신의 귀를 의심하면서 반사적으로 "왜 저만?" 하고 물었다. 동급생도 십여 명이 되었고, 선배, 후배 모두 합쳐서 준회원 예비군에 해당하는 사람은 상당수가 되었다.

그녀가 이사회에서 있었던 추천 과정을 자세히 설명해 주었다.

"그는 지금까지 열심히 연구에 몰두하고 있으며 지금부터 충분히 도움이 될 것이다." 하는 이야기가 오고갔다는 것이다. 시간을 쪼개어 하기는 했지만 연구에 몰두했다는 말을 들을 정도는 아니었기에 이상하다고 생각했다. 또한 "이론파이기 때문에 이야기하는 방법의 이론 확립에 필요한 인재이다."라는 말도 했다고 한다.

필자는 대학에서 정치경제학부에서 경제학을 전공했기 때문에 지금까지 이론만 내세운다는 이야기는 많이 들었다. 그렇지만 이것도 정말로 의외였다. 학술적인 이론을 내세우는 이론파가 아니라 작은 것에 얽매이는 타입이었다. 이 점은 필자 자신도 어느 정도 자각하고 있었기 때문이다. 그 점은 자신의 약점이기도 했다.

여하튼 그녀의 칭찬의 말에 기뻐 필자는 크게 자신감을 얻었다. 그리고 나서 어쩌면 자신도 프로가 될지도 모른다고 생각하게 되었다. 그때부터 거의 40 년이 지났다.

인생은 사실 불가사의한 것이다. 인생은 위대한 우연의 연속이다. 그녀의 한마디가 없었다면 필자는 화술을 연구하는 길에 들어서지도 못했으리라고 생각한다.

★ 과장된 말은 거부감을 줄 뿐이다.

아무리 칭찬을 받고 싶다고 생각하고 있더라도 너무 과장되면 오히려 역효과가 생긴다. 다른 뜻이 있는 것은 아닌가 하는 생각을 불러일으켜 무게가 없어진다.

"OO씨 같은 미인은 지금까지 본 적이 없어요."라든지 "클레오파트라와 비교하면 누가 더 예쁠까요?" 하는 등의 말을 한다면 상대방은 오히려 기분 나빠할지 모르겠다.

★ 무슨 일이든 '칭찬을 할 때'가 있다.

3 년 전은 대단했다 등 너무 꾸며낸 듯한 칭찬의 말은 일부러 하는 말 같 다는 생각에 상대방의 기분을 상하게 한다. 칭찬해야 할 것이 있다면 그 필요가 있을 때에 타이밍을 잘 맞추어 칭찬하는 것이 원칙이다.

★ 한 사람을 칭찬한다.(한 사람을 야단친다).

칭찬을 들은 사람은 만족하겠지만 칭찬을 받지 못한 사람은 상대적으로 마음을 상하게 된다. 우리가 흔히 하는 말처럼 야단을 칠 때는 1:1로, 칭찬을 할 때는 많은 사람 앞에서 하는 공식을 이행하는 것이 이상적이다. 이것은 간단하게 생각할 문제가 아니다.

H씨는 한 지방도시에서 문방구를 경영했었는데 몇 명 되지 않는 종업원의 능력을 충분히 발휘시키지 못하여 곤란을 겪고 있었다. 특히 여자 사무원이 두 명으로 이 둘은 너무 대조적이었다. A양은 키가 작고 그리 예쁜 얼굴이 아니었지만 B양은 조금 과장되게 말하면 여배우라고 해도 좋을 만큼 늘씬하고 예뻤다. 그러나 일에 있어서는 A양이 잘했으며, 솔직했기 때문에 H씨는 무슨 일이든 A양만을 칭찬했다. 그러자 B양은 점점 더 일을 하지 않게 되었다.

어느 날 H씨는 다른 지방에서 열리는 연수에 참가하게 되었다. 일이 바쁜 나머지 좋아하는 담배를 사 오는 것을 잊었다.

밤이 되어서야 생각이 난 H씨는 8 살난 아들에게 "아빠가 담배 사 오는 걸 깜빡했는데 사오지 않겠니? 아빠는 지금 연수 준비 때문에 바쁘거든." 하고 말하자 "예, 제가 사올께요." 하고 벌떡 일어섰다. 그러자 이럴 때는 칭찬하는 것이 교육상 필요하다고 생각하고는 "심부름도 잘하고 참 착하구나." 하고 칭찬을 해주었다. 그러자 옆에서 가만히 듣고 있던 5 살난 딸이 갑자기 입을 삐죽 내밀고 "아빠, 그럼 나는 미워요?" 하고 말했다. H씨는 갑작스러운 딸의 말에 당황하여 "아빠는 너에게 밉다고 한 적이 없는데……." 하고 말했다.

"그런데 왜 아빠는 오빠만 칭찬해요?" 하고 말하는 딸아이의 불만은 계속되어 갔다.

"너도 착하지." 하고 말해 보았지만 들은 체도 하지 않았다. 그때 H씨의 머리 속에 떠오른 것은 직장의 일이었다. '이거다' 하고 생각한 그는 A양을 칭찬할 때 B양이 있든 없든간에 상관없이 칭찬한 것을 크게 반성했다. B양은 칭찬을 듣지 못했기 때문에 결과적으로는 간접적으로 비교되어 자신이 A양보다 못하다는 생각을 하게 되었던 것이다.

그 후로 H씨는 직장에서 칭찬을 할 때에는 그것이 어떤 영향을 미치는가를 먼저 생각하게 되었다.

H씨가 신경을 쓴 결과 B양은 전보다 훨씬 자신의 힘을 충분히 발휘하게 되었다. 제 3자에게 영향이 있는 것을 깨닫지 못하는 리더는 실격이라고 해도 과언이 아니다. 사방팔방의 모든 곳에 세심한 배려가 필요하다.

★ 언젠가 본인의 귀에 들어간다.

직접 칭찬을 하면 왠지 다른 흑심이 있는 것은 아닌가 하고 의심을 받게 되기도 한다. 이런 의심을 받을 가능성이 있는 관계에서는 본인을 직접 칭찬하기보다 제 3자를 통해서 칭찬하는 방법도 있다. 언젠가 본인의 귀에 들어가기 때문이다.

★ 부정의 긍정을 하는 칭찬법도 있다.

"A씨가 이런 것쯤 못하겠어?"

"자네 웬일이야? 이런 실수를 다 하고……." 등등 말로서는 부정을 하고 있는듯하지만 내심 능력을 인정하고 있는 결과로서 그 이상으로 칭찬을 하는 경우가 된다. 이것은 평소에도 많이 사용되고 있다.

41

다급할 때 보검寶劍을 뺄 수 있는가

상사 위치에 있는 사람은 후배나 부하를 양성하는 역할을 담당하고 있다. 그러기 위해서는 야단을 쳐야만 하는 경우가 많이 있다.

특히 직장에서는 야단치는 것은 상사의 의무이다. 잘못되었다고 생각되는 것은 제대로된 궤도 위에 올려놓지 않으면 안 된다. 아무리 귀한 검이라 하더라도 닦지 않으면 녹이 슬게 마련이다. '이때다' 하고 생각할 때를 대비하여 항상 잘 닦아 두어야 한다.

리더가 된 이상 언제라도 필요하다고 생각될 때에는 야단을 칠 수 있는 마음의 준비가 되어 있어야 한다. 하지만 야단을 친 결과 예상도 하지 못한 반격을 받거나 생각지도 못한 방향으로 발전되는 경우가 있다. 또한 인간관계가 깨질 수 있는 불안도 있다.

사람은 잘못된 부분을 고쳐 가면서 성장하고 있다. 이것을 안다면 아무런 문제가 없지만 결점이나 단점이 스스로에게 보이지 않는 경우가 상당히 많다.

결점을 아는 것은 사람이 성장하는 데 있어서 첫걸음이 된다. 그것을 도와주는 것이 야단을 치는 의의이기도 하다. 충고를 해주지 않는 상사는 부하들에 대해서 전혀 애정이 없다고 말해도 좋을 것이다. 앞에서 사랑이란 버릴 수 없는 것이라고 말했는데 이것을 잊지 말기를 바란다.

야단을 치기 위해 이것만큼은 해두자!

야단을 치는 대상이나 그 내용은 그때그때의 목적이나 상황, 그 사람에게 기대하는 것 등 제각각의 사정에 의해 변한다.

1. 불확실한 소문, 짐작만으로

어떤 현상을 보고 자기 마음대로 생각하여 잘못된 충고를 하게 되는 경우가 있다. 사실을 잘 조사해 보지 않는다면 야단을 치는 포인트나 어느 정도 충고를 해주어야 하는가도 종잡을 수 없으며 따라서 당연히 야단을 치는 효과도 거두지 못한다. 대표적인 예로서 다음과 같은 것이 있다.

★ 명확한 실수를 저질렀을 때.

작은 실수도 허용되지 않는 경우도 있다. 아무 생각없이 실수를 할 때도 있다. 혹은 잘한 일이라고 했는데 그것이 문제가 되는 경우도 있다. 이것을 그대로 보아 넘겨두면 같은 실수를 반복하게 된다. 작은 실수 정도라면 상대방은 가볍게 "알겠습니다." 하고 사무적으로 대답을 하면 끝나는 일이다. 하지만 받아들이는 쪽에서는 대단히 위험하다. 또한 어떻게 잘못되었는가를 알지 못하면 개선을 할 수 없게 된다.

어느 소프트웨어의 회사에서 있었던 일이다. 거래회사의 사장으로부터의 특명으로 소프트개발을 의뢰받았다. 그것은 너무나 중요하고 회사로서는 커다란 사업이었으므로 곧바로 회사에서는 프로젝트팀을 만들어 상당히 힘을 들여서 기획서를 작성했다. 그리고 의뢰자인 그 사장에게로 발송을 했다.

시간을 들여 자신 있는 기획서를 만들겠다고 생각했는데 "이게 뭐야!" 하고 사장은 고함을 질렀다. 그 이유는 문서의 수신자는 그 사장의 이름이었는데 발신자가 말단 사원의 이름이었기 때문이다. 비즈니스의 문서에서는 수신자와 발신자가 동격이 되어야 한다.

"당신 회사에서는 비즈니스문서 작성법도 가르치지 않습니까?" 하며 노발대발하며 걸려온 전화로 그 후에 이 일을 수습하는 데에 상당히 애를 먹었다고 한다. 더불어 문서 전반적으로 경어가 잘못 사용되어 있는 경우도 많다. 비즈니스맨에 있어서는 가장 초보적인 실수이다.

이것은 상사가 평소에 언젠가 크게 일을 저지르겠군 하면서 전혀 지적을 하지 않은 결과이다. 그 때에 충고만 해주었더라면 이런 일까지는 일어나지 않았을 것이다.

★ 집단에 피해를 주었을 때.

작게는 가까운 일상생활에 있어서의 잘못으로부터 크게는 회사 전체의 업무를 마비시키는 데에 이르기까지 하나의 실수에서 파생되는 영향은 셀 수 없을 정도로 많다.

F사는 때때로 한꺼번에 점심식사를 주문한다. 어느 날 시간적으로 상당히 촉박한 중요한 회의가 있었다. 낮의 짧은 시간에도 30명이 회식을 하면서 오후에 있을 회의를 위한 사전 모임을 가질 예정이었다. 하지만 시간이 되어도 주문을 한 도시락이 오지 않았다. 그래서 주문을 한 식당에 전화를 걸어 보니 주문을 받은 사람이 잊고 있었다는 사실을 알게 되었다. 이전에도 그런 일이 있었기 때문에 주인에게는 일러두었지만 그 주인이 사원에게 주의를 주지 않았던 것이다. 연간 상당한 양을 주문하는 고객이었는데 이 음식점은 단 한 명의 직원이 주의를 게을리한 결과 큰 고객을 잃고 말았다.

★ 인간적인 성장에 장해가 되었을 때.

충고를 하지 않는 사람은 부하나 동료에게 애정이 없는 사람이다. 앞에서도 언급했듯이 "지금까지의 당신 인생에서 가장 많은 충고를 해준 사람은 누구입니까?" 하는 앙케이트에 대해서 가장 많은 답이 아버지, 어머니, 부모님이었다. 이것은 무엇을 의미할까? 한마디로 말하면 부모님이야말로 애정을 가지고 인간적인 성장을 바라기 때문이다.

★ 위험이 예상될 때.

최근에는 상당히 좋아졌지만 예전의 건설현장에서는 발을 잘못 딛어서 추락하는 사고가 많았다. 발판을 단단하게 놓지 않거나 발판이 잘못 얹어져 마치 시소처럼 기우뚱하다가 추락하는 사고가 바로 그것이다. 이것은 사고를 일으키기 쉬운 장소를 미리 점검해 두면 미연에 얼마든지 방지할 수 있음에도 이를 게을리했기 때문이다.

인간은 예견을 하고 행동하는 동물이다. 위험을 예지하는 능력이 없으면 실수를 한 후에는 되돌릴 수가 없다. 문제가 일어나지 않게 사전에 예방하기 위해 주의를 할 필요가 있다. 그러기 위해서는 여러 가지에 대해 날카로운 통찰력을 가지고 있지 않으면 안 된다.

★ 사회적인 규칙을 위반했을 때.

술을 마시고 운전을 하는 등이 바로 그 예이다. 그러나 '딱 한잔만', '마신 지 꽤 지났으니 괜찮겠지.' 하고 대수롭지 않게 생각해 버리기 일쑤이다. 그럴 때에는 예방처치로서 술을 권하지 않는 방법도 있을 것이다. 마신 후에는 운전을 하지 않고 택시를 이용한다는 생각도 할 수 있다. 잠깐의 방심이 목숨을 앗아갈 수도 있다. 그렇게까지 되지 않는다 하더라도 매스컴에 화제가 되어 회사의 이미지에 먹칠을 하게 되는 원인이 되기도 한다.

이러한 일은 스스로의 태도로 예방하는 방법도 있다. 그러므로 야단을 칠 수 있는 입장에 있는 사람일수록 자신에게 엄하게 대할 필요가 있다.

작은 구멍이 커져 둑이 무너지는 법이다. 동료에 대해서도 진정한 의미의 우정을 가져야 한다. 서로 충고를 해주는 관계야말로 최고의 관계이다. 특히 관리직에 있는 사람이나 리더의 자리에 있는 사람에게 이 말을 전하고 싶다. 겁쟁이 상사를 모시는 것은 위험한 일이다. 사회적으로 지위가 올라갈수록 유혹이 많다. 좋지 않은 상대와 가까이 지내는 부하나 동료에게는 충고를 해야 한다. 이 정도 쯤은 하고 보아 넘겨 주어서는 안 된다. 권력을 가지면 가질수록 많은 사람들의 눈에 비쳐진다는 사실을 잊어서는 안 된다.

2. 원인을 분명히 파악하라

모든 일에는 그렇게 될 만한 원인이 있다. 현재의 상태를 분명히 파악하지 못하면 개선의 여지가 없다. 그러므로 먼저 그 원인을 파악하는 일부터 시작하지 않으면 안 된다.

우리들은 실패를 하면 실패를 한 것에 대해서만 분한 마음이 앞서 상대에 대해 미움의 감정만을 갖게 된다. 예상할 수 있는 원인은 많이 있다. 어떤 원인이 그런 문제를 가져오게 했는가, 정확히 파악할 필요가 있다. 그렇지 않으면 올바른 대책을 세울 수 없기 때문이다.

3. 상대방의 처지를 파악하고 있는가

문제점을 하나씩 잘 생각한 후에 신중하게 대응하는 것이 바람직한 결과를 가져다 준다. 나이, 직업, 사회적인 입장, 경험 등 제각각 차이가 있으므로 모두 똑같이 야단을 쳐서는 안 된다.

★ 상대의 성격을 파악한다.

– 남성인가 여성인가, 이론에 강한 사람인가 약한 사람인가, 결단이 신중한가 빠른가, 입장이 어떠한가 등.

★ 능력을 생각한다.

– 받아들이는 능력이 어떤가, 경제력, 행동력, 유연성, 특기 등.

★ 외적조건을 파악한다.

– 주위에 방해는 없는가, 일을 할 수 있는 상태인가?

★ 자신을 어떻게 보고 있는가, 호의적인가 비호의적인가?

또한 야단을 치는 내용에 따라서는 어디까지 야단을 쳐야 하는가를 생각하지 않으면 안 될 경우도 있다.

★ 지금 문제가 되고 있는 사실이나 행위 자체를 야단친다.

실수나 반칙 행위 등.

★ 문제를 일으킨 원인까지 거슬러올라가 야단친다.

청취력, 집중력, 이해력 등.

★ 실패를 가져온 생활 태도나 사명감 등까지 야단친다.

성실함이나 의욕 등 인간성에까지 주의를 주는 등.

4. 신중하게 그 자리의 분위기를 읽어라

모든 일은 때가 있고 모든 행동에는 적시가 있다. 야단을 치는 방법도 내용도 모두 상대방의 상황에 따라서 달리하지 않으면 안 된다. 타이밍이 제대로 맞아떨어진다면 성공이라고 할 수 있다. 반대로 타이밍이 잘 맞지 않으면 간단한 일이라도 잘 되지 않는다.

또한 장소를 생각해 가며 야단을 치는 것도 중요한 배려 중 하나이다. 듣는 사람은 장소에 지배되기 싶다. 야단을 치는 장소에서 생각해 두어야 할 점은 1대1의 원칙을 지켜야 한다는 점이다.

P라고 하는 도시계획의 대가가 있다. 성격도 부드러워 주위 사람들로부터도 평판이 매우 좋았다. 기술자로서는 그 분야에서 최고의 자리에 올라 있어 대학에서 강의도 하고 있었지만 한 때에 주위의 권유도 있고 해서 정계로 들어갔다.

그런데 P씨의 지원자가 의원회관에 방문하면 평소에 소리라고는 지르지 않던 P씨가 비서에게 고함을 지르거나 주위에 짜증을 부리는 모습을 종종 볼 수 있었다. "뭐하는 거야, 늦잖아, 빨리 가져와!" "이거 틀렸잖아. 들을 때 제대로 듣지 않고 뭐했어?"

손님 앞에서도 개의치 않고 계속하기 때문에 방문한 사람은 마치 자기가 야단을 맞고 있는 듯이 여겨져 입장이 난처해져 빨리 돌아가 버린다.

이런 태도로는 아무리 가두연설을 통해서 "저는 여러분을 소중히 생각합니다." 하고 외쳐도 설득력이 없다. 지원자가 의심을 하는 데에도 무리는 없다. 즉, 그는 화를 내는 장소를 잘못 택한 탓에(이것은 필자만의 생각일지도 모르지만) 꽤 많은 지원자들을 잃어 버렸다.

장소를 가리지 않고 소리를 지르는 것에 의해 일어나는 파문은 크다. 듣는 사람은 장소에 따라 그 정도를 다르게 느끼기 때문이다. '아무리 잘못했다 하더라도 많은 사람들 앞에서까지 이렇게 창피를 주다니' 하고 내용보다도 그 방법에 반발을 하거나 가슴에 담아두는 것이 인간이다.

5. 평소에 좋은 관계가 충격을 완화시킨다

야단을 치는 사람에 대한 신뢰가 없다면 그 사람이 하는 말에 귀를 기울이지 않는 것이 인간이다. 사람은 그때그때의 이야기를 말하는 사람의 평소의 행동이나 태도를 떠올리면서 듣는다. 최종적으로는 그 사람의 인덕을 보고 있는 것이다.

부하를 한 명이라도 거느리게 되면 특히 비즈니스맨이라는 직업을 택한 자는 적어도 말을 해야 할 때에는 해야 한다. 그 때 좋지 않은 감정을 가지게 될지도 모른다. 서로간에 풍파를 일으키게 되는 경우도 있을 것이다. 하지만 책임 있는 사람은 이해 타산이나 개인 감정을 벗어던지지 않으면 안 된다. 괴로운 일에 도전하는 것은 사람, 특히 리더들이 받아들여야 할 숙명이다.

42

애정을 가지고 야단을 치는가

야단을 치는 사람의 마음은 여러 가지 형태가 되어 표현된다. 말로, 어조로, 표정으로, 태도로 그리고 몸짓으로도 나타난다. 상대는 이들을 통해서 역으로 야단을 치는 사람의 마음을 알게 된다.

'이야기는 마음으로'라는 말이 있다. 맞는 말이지만 사실 그 마음이 문제이다. 야단을 치는 것이 아니라 화를 내는 사람이 있다. 화는 자신의 감정을 폭발시켜 일방적으로 퍼붓기만 하면 된다.

야단을 칠 때 사람의 약점이나 불완전함을 알고 스스로 반성하는 마음으로 이야기할 수 있도록 하는 것이 바람직하다. 자신은 절대로 잘못한 일이 없다고 말하는 듯 태연해하는 태도나 노여움을 내포한 말투로 소리를 지른다면 반발감만 생길 뿐이다.

★ 자신도 잘못을 했다는 마음을 가져라.

"나도 젊었을 때는 그런 실수를 하곤 했지. 하지만 이것은 아주 중요한 일이라서……." 등등 자신도 실수를 했었다는 것을 전제로 이야기한다. 굳게 닫혀 있는 마음의 문을 열고 상대가 솔직하게 받아들일 수 있도록 이야기할 필요가 있다. 야단을 치는 어려움 중에는 누가 말하느냐에도 있다. 그러므로 야단을 치는 사람의 윤리적 자세가 필요하다. 당신에게도 나에게도 성실하다는 마음가짐은 생활 전반에 걸쳐서 말할 수 있지만 충고와 같이 강한 영향력을 가진 경우는 더욱 그렇다.

성실함은 평범한 일상태도의 문제이다. 기품 있는 성실함은 그 사람의 견식에 따라 형성된다.

★ 확실한 근거로 납득시켜라.

이 점은 왜 고치지 않으면 안 되는가, 상대가 이성적으로 받아들일 수 있을 만한 이유나 사정을 알게 하는 것이 필요하다.

야단을 칠 때에는 상대에게 납득시킬 만한 확실한 근거를 가지고 말하도록 한다.

★ 개선의 길을 명확히 제시하라.

방법이 애매하거나 기준이 막연하다면 개선을 하기가 어렵다. 개선의 방법을 구체적으로 제시한다면 가능성을 예측시킬 수도 있으며 성공을 할 수 있다는 이미지를 상대방의 머릿속에 그려넣어 줄 수 있다. 화를 내는 것과의 차이점은 구체적인 대응책을 제시해 준다는 점이다.

그런데 상대에게 나도 할 수 있다는 생각이 들게 하기 위해서는 다음과 같은 방법이 있다.

- 이렇게 하면 당신도 할 수 있다. 하는 가능성을 제시하고 'I CAN'이라는 생각을 하게 한다.
- 해보고 본보기를 보여준 후 의욕을 넣어준다.
- 도와줄 것을 약속하고 자신감을 준다.
- "OO씨도 할 수 있으니까 자네라면 이 정도쯤은 할 수 있을 거야." 하고 능력에 자신을 가질 수 있도록 격려해 준다.
- 의문점에 답을 하고 불안을 하나씩 해소해 준다.

★ 격려와 질타는 한번에 듣는다.

"자네라면 다음 번에는 잘할 수 있을 거야. 해보게." 하고 격려를 해 가며 야단을 쳐야 한다. 인간의 재능은 칭찬을 할수록 성장한다. 따라서 칭찬의 말을 덧붙여 가며, 격려를 하며 야단을 치는 것이 현명한 방법이다. 일방적으로 화를 내면 상대방에게 불만만 생기게 하고 끝난다.

진정으로 야단을 친다면 애정을 가지고 있게 마련이지만 실제로는 충고를 하고 있는 사이에 감정적이 되어 버려 상처를 주게 되는 경우가 많다. 자기 분에 겨워 화를 내거나 감정적이 되어 버린다면 야단을 맞는 쪽에서도 동물적인 감정으로 그 마음을 느낄 뿐이다.

다음의 경우 등은 야단을 치는 것보다 효과적이라 할 수 있다.

사회인이 된 지 얼마 안 된 M양은 많은 사람들이 드나드는 사장 비서실에서 한 사람의 선배와 함께 일을 하게 되었다. 그녀는 극도로 긴장하였다.

한번은 "손님이 오셨으니 컵에 물을 갖다드려." 하고 선배로부터 지시를 받았다. "올 것이 왔군." 하고 생각하자 자신의 몸 전체가 경직될 정도로 긴장되는 것을 느낄 수 있었다. 실수를 하지 않도록 생각하면 할수록 몸이 딱딱해졌다.

컵을 잡는 순간 꺼내자마자 컵이 손에서 미끄러져 쨍그랑 하는 커다란 소리를 내며 파편이 사방으로 흩어졌다. 컵 7개를 한꺼번에 깨뜨린 것이다. 창피하기도 하고 혼이 날 것이라는 생각에 불안함과 당혹감으로 어쩔 줄 모르고 쩔쩔매고 있는데 선배가 다가왔다.

"다친 데 없어? 다른 컵으로 해." 하고 부드럽게 말을 건네주었다. 완전히 혼나리라고 생각하던 그녀는 의외라고 생각하면서도 안심을 했다. '지금부터 이 선배와 함께 일을 한다. 얼마나 다행인가! 나는 이런 좋은 직장에서 일을 하게 되었으니 열심히 하자' 하고 결심을 했다고 한다. 사랑이 담긴 말이야말로 굳게 닫힌 사람의 마음을 열어주는 열쇠가 되어 준다. 충고를 받는 사람이 야단을 맞는 것에 대해 느끼는 감정은 야단을 치는 사람의 애정의 정도에 따라 달라진다고 생각하자.

★ 언제나 다른 자로 재고 있지는 않은가?

기준에서 벗어났기 때문에 야단을 치는 것이다. 따라서 만일 그 기준이 제멋대로라면 상대방도 어떻게 맞추어야 할지 몰라 당황하게 된다. 야단을 칠 때 어떤 목적을 가지고 그 목적에 맞는 기준, 단기적으로는 변경이 없는 기준이 있어야 한다. 척도가 자주 바뀌는 것은 감정적이 되어 있기 때문이다. 확실한 잣대를 가지고 있지 않으면 안 된다.

일관성이 있느냐 없느냐의 문제이다.

★ 목소리의 크기와 효과의 크기는 반비례한다!

어느 회사의 중앙연수에서 있었던 일이다. 직장의 대표들을 모아서 '직장을 밝게 하기 위해서는 어떻게 하면 좋은가' 를 주제로 이야기했다.

대표는 각 직장내의 감독자로 언제나 회의를 주도하는 입장에 있는 사람이다.

참가자를 5그룹으로 나누어 각 그룹마다 제각기 이야기를 지도하는 전문 조언자를 두었다. 각 그룹의 대표가 이야기한 결과를 보고하고 그 후에 조언자의 주임인 K씨가 그에 대한 평가를 했다. 평가 도중에 한 참가자가 갑자기 손을 들었다.

"선생님, 그런 표면적인 비평이 아니라 보다 직접적인 평가를 내려주십시오. 대체로 내용을 다루는 것이 약한 데에는 우리들의 책임이라기보다 조언자가 이렇게 이야기해야 한다고 하는 발언이 없기 때문이 아닙니까?" 하고 말을 꺼냈다.

"그렇습니다. 그럴지도 모르겠군요." 하고 K씨는 조용히 상대방의 자존심을 지켜 가면서 이 발언을 긍정적으로 받아들였지만 지금까지 즐겁게 공부하던 전체의 분위기는 한순간에 무거워졌다. 그래도 그는 계속해서 따져 갔다.

"K선생님은 조언자의 자리에 계시면서 거의 아무 말도 하지 않고 마지막에 우리들이 한 말을 정리하기만 하시잖아요? 앞의 그룹에서 이야기했을 때 다른 선생님은 이렇게 하시오, 저렇게 하시오 하고 리드를 했는데 K선생님은 한 마디도 해주지 않으셨지요?" 하고 그는 감정적이 되어 K선생에게 개인적으로 공격을 가했다.

"죄송합니다. 저의 노력이 부족했던 점은 사과드립니다. 지금부터 함께 여러 가지를 공부해 나갈 생각입니다. 오늘은 내용적으로 별로 말을 못해서 죄송하지만 나중에 설명하겠습니다. 양해해 주십시오."

"시간이 없다고 말씀하셨는데 그렇게 말씀을 하시는 동안에도 얼마든지 할 수 있지 않습니까?" 하고 처음에는 공격적으로 말했지만 시간이 갈수록 점점 말투가 부드러워졌다.

K씨의 너무나 침착한 말투와 의연한 태도에 어떻게 될지 사태만을 보고 있던 나머지 6 명의 참가자들도 안심을 했다. 주위의 두세 명으로부터 눈치를 받아 그도 더 이상 아무 발언을 하지 않았기 때문에 조금씩 회의장의 분위기가 좋아져 얼마 후 다시 분위기가 밝아졌다. 나중에 조언자 중 한사람인 L씨가 K씨에게 "K씨 왜 그때 사과만 했어요? 조언자는 말을 하는 것이 목적이 아니라 참가자들이 생각할 수 있도록 해주어야 한다는 사실을 그 사람은 모르잖아요? 그러니까 사람들 앞에서 망신을 좀 주지 그랬어요?" 하고 오히려 그가 더 속상하다는 듯이 말했다.

K씨는 "제가 만일 그 자리에서 그 사람에게 화를 냈다면 모든 사람들의 기분이 나빴겠지요. 논리적으로 그 사람에게 이길 수 있겠지만 모든 사람들의 기분을 원 상태로 돌려 놓지는 못했을 것입니다. 그런 험악한 분위기

를 만들지 않기 위해서 대화를 통해서 회사 분위기를 밝게 만들어야 한다고 주장하는 우리들이 제일 먼저 노력해야 하지 않을까 해서요 그렇지 못하면 우리들은 있으나 마나지요." 하고 담담하게 말했다.

L씨는 자신의 어리석음을 깨닫고 쥐구멍이라도 들어가고 싶어했다. 인간은 목소리가 커지면 자신의 목소리에 흥분하여 더욱 화를 내는 감정이 격심해진다. 그렇게 되지 않기 위하여 처음부터 흥분하지 않는 것이 중요하다. 조용히 차근차근 논리정연하게 이야기하는 것이 오히려 커다란 효과를 가져온다.

★ 비교당한 순간 상대는 자존심에 치명적인 손상을 입는다.

우리들은 다른 사람의 시선에 상당히 신경을 쓴다. 그러므로 비교되는 것에 대해서 상당한 알레르기적인 반응을 나타낸다. 타인과 비교되면 그 사람들의 인간관계를 나쁘게 할 뿐 아니라 심한 반항감이 생겨날 수 있다는 것을 각오해 두어야 한다.

사람과 비교되는 것은 그렇다 치고라도 심한 경우에는 동물과 비교되는 사람도 있다. '개만도 못하다' 등의 말은 그 사람의 인격 자체를 무시하는 처사이므로 자제해야 한다.

★ 더불어 '이것도 저것도' 하고 덧붙여서는 안 된다.

한꺼번에 많은 말을 들으면 받아들이는 쪽에서는 양으로 받아들이기 때문에 나는 쓸모없다고 생각해 버린다. 무력감이나 좌절감은 계속해서 꼬리를 물게 된다. 정신적인 충격이 커진다. 이야기의 효과는 시간에 반비례한다.

다섯 가지 정도의 문제가 있다고 하더라도 이 두 가지가 중요한 것이다 하고 우선 순위를 정하여 두는 것이 좋다.

★ 왜 도망갈 구멍을 막는다!

이래도, 저래도 하고 궁지로 내몰면 상대방도 어차피 이런 말까지 들었으니까 하고 버티게 된다. 막다른 골목으로 몰아넣는 것은 금물이다. 도망갈 구멍을 만들어 두면 그 당시에는 도망가더라도 나중에 효과가 나타난다. "차가운 술과 충고는 효과가 나중에 온다."는 말이 있듯이 말이다.

★ 죄는 미워해도 사람을 미워하지 말라!

어떤 행동의 개선을 목적으로 하여 야단을 치므로 개선의 주체인 인격 그 자체를 부정해서는 안 된다.

가령 "그런 일을 하는 것은 인간쓰레기이다." 하는 말을 한다면 상대방도 "인간쓰레기이니까 이런 일을 했습니다."하고 오히려 화를 내게 된다. 또한 생각 없는 남자들은 여성에 대해서 "이달에만 두 번이나 지각을 했어. 이러니까 시집도 못 가지." 하는 말을 서슴없이 한다. 출근 시간과 결혼에 아무 관계도 없다는 것은 누구나 다 안다. 이런 말을 하는 사람들의 인격이 의심스럽다. 충고란 잘못된 생각이나 행위를 개선시키는 데 있다. 인격에까지 손상을 입혀서는 안 된다. 이야기라는 것은 '필요한 것을 적절한 방법으로' 하는 것이 원칙이다. 다른 말로 돌려서 말하여 상처를 넓히지 않도록 해야 한다. 초점이 흐려지지 않기 위하여 포인트는 하나로 고정시켜야 한다.

사과하는 마음으로 야단을 치라고 앞에서도 썼는데 이것은 상대에게 굽실거리라는 말은 아니다. 자신에 찬 본심으로 야단을 친다면 상대방도 진심으로 받아들이게 된다.

본심으로 야단을 치자. 단호하게 혼을 내자. 그렇게 하면 길이 저절로 열린다. 상대의 잠자고 있는 영혼을 흔들어 깨워줄 수가 있다. 그렇게 하면 반드시 자신에게도 피드백되어 돌아온다.

43

이렇게 하면 마음의 **걸림돌이** 사라진다

인간이 성장하기 위해서는 먼저 자신의 장점을 알고 그것을 보다 늘려가는 방법이 있다. 또 한 가지 자신의 결점을 알고 그것을 개선하는 방법도 있다. 이것이 성장을 결정하는 결정타가 된다. 그렇게 되기 위해 서로 충고를 해주는 인간관계야말로 제일 바람직한 관계라고 할 수 있다.

그런데 야단을 친 후의 대응법이 중요하다. 야단을 친 채 그대로 놔두는 것은 무책임한 행동이다. 상대방의 기분을 풀어주어야 한다. 그러나 언제까지고 좋지 않은 기분을 가지고 있는 경우도 있다. 아무리 상대방의 기분을 상하지 않도록 야단을 쳐도 자신이 실수를 했다거나 잘못한 것은 사실이므로 많든 적든 찜찜한 기분이 남게 된다. 야단을 친 다음에 적절하게 처리를 하지 않으면 후유증은 상당히 오랫동안 남는다. 야단을 친 다음에는 무엇을 주의해야 좋을까?

★ 더 이상 마음에 두지 않는다고 적극적으로 어필할 수 있는가.

야단을 맞은 것은 잊어 버렸다는 듯이 인사를 한다. 스스로 먼저 말을 꺼낸다. 새로운 일 등을 부탁함으로써 그 일은 더 이상 마음에 두고 있지 않다는 인상을 준다. 사사로운 일로 오랫동안 신경을 쓰지 않도록 한다.

어떤 사람에게 어떤 실수가 있었다고 언제까지고 마음에 두고 있다면 상대방도 마음을 열지 않게 된다. 이쪽에서 먼저 다가가는 것이 현명한 방법이다. 언제까지고 거기에만 매달려 있다면 언제까지고 인간관계를 개선할 수가 없다. 뒤끝을 깨끗이 하자. 그런 일에 신경을 쓸 여유가 있다면 보다 생산적인 일을 생각해 보자.

★ 그 후의 체크는 부지런히 할수록 좋다.

야단을 친 후 그대로 놔두는 것은 전혀 책임감이 없다고 할 수 있다. 지적받은 것을 개선하고 있는지 아닌지 효과를 체크하는 것까지가 야단을 친 일련의 행위에 속한다. 책임은 마지막까지 지지 않으면 안 된다. 만일 효과가 나타나지 않거나 충고받은 것을 개선하려 하지 않는다면 고칠 때까지 반복해야 한다. 선불리 야단을 치고 그대로 놔두면 신중하게 받아들여지지 않아 '저 사람은 언제나 그렇게 말하니까.' 하고 한 귀로 듣고 한 귀로 흘려버려도 된다고 생각하여 오히려 상대방에게 우습게 보이게 된다. 또한 충고를 가볍게 보는 태도가 생겨난다. 분명하게 야단을 치는 습관을 들여야 한다. 잘못을 방치해 두어 세상을 간단하게 보게 할 수는 없다. 사람을 단련시키고, 그 사람을 기르기 위해서 충고자로서 상당한 결심이 필요하다는 사실을 각오해 두어야 한다.

★ 새로운 찬스를 주어 마무리를 한다.

현대에 있어서 가장 훌륭한 선물은 찬스이다. 특히 젊은이들은 자신을 표현하고 싶다거나 인정받고 싶어하는 욕구가 강하다. 찬스를 주면 그들의 하고자 하는 의욕에 불을 붙이게 된다. 그 찬스를 주는 사람의 따뜻한 마음 씀씀이에 감사하는 기분이 들게 마련이다. 지금부터 얼마든지 성공의 가능성이 있는 사람들에게 새로운 도전의 찬스를 만들어 주어야 하지 않을까?

44

성공을 한 자는 마음에 항상 **정열**을 품고 있다

물건을 잃어 버린다면 적어도 그 물건만 확실하게 잃어 버린다. 명예를 잃게 되면 그 영광뿐 아니라 주위에 있는 많은 것들을 잃어 버린다. 또한 정열을 잃어 버리면 모든 것을 잃어 버린다.

정열을 잃어 버리는 것은 꿈을 잃어 버리는 것이다. 그것은 즉, 지금의 자신 그대로 평생을 보내도 상관없다고 선언하는 것과 마찬가지다. 각 분야에서 활약하고 있는 세상의 많은 성공자들은 꿈을 실현시킨 사람들이다. 꿈은 반드시 실현된다고 믿고 도중에 단념하지 않은 사람들이다.

말하는 능력을 기르는 면에서도 이와 같은 말을 할 수 있다. 필자는 교수, 강사, 선생, 어드바이서 등의 프로를 육성하는 입장에 선 지 거의 40년이 된다. 그 동안 많은 프로 인스트럭터를 세상에 배출했는데 프로가 된 사람들은 예외없이 그 목표를 향해서 끊임없이 정열을 가지고 있었던 사람들이다.

또한 지금까지 저 사람은 유능한 화술가가 될 것이다. 충분히 소질이 있다고 봐 왔다. 그러나 무엇인가 사정이 있어서 도중에서 열의를 잃어버린 사람들도 있었다. 당시에는 의욕도 있고 재능도 상당히 있었던 사람들이 무엇인가 벽에 부딪혀 그렇게까지 된 이유는 무엇일까? 그것은 그들이 정신적인 정열을 계속해서 불태울 만한 무엇인가를 잃어 버렸기 때문이다.

각자 자기 나름대로 이유는 있을 것이다. 하지만 인간은 정열을 가지고 이야기할 수 없게 되면 모든 것이 끝이다. 반대로 열의만 가지고 있다면 어떠한 역경이라도 딛고 일어설 수 있으며, 자기도 모르는 사이에 강해지고 현명해져 목표를 나름대로 달성시켜 가는 것이 인생이다.

그러면 스스로 자신의 마음에 점화하여 정열을 불태우기 위해서는 어떻게 해야 좋을까?

먼저 눈에 보이는 목표를 세워라

인간은 구체적인 목표를 가지면 노력하게 된다. 가령 이 계획을 몇월 며칠까지 정리하겠다 등 확실하고 구체적인 목표를 세우면 열심히 하게 된다. 이것은 즉 자신의 벽이 되는 것들을 분명히 인식하는 것이라고도 말할 수 있다. 언제 하든 상관없다고 생각하고 있다면 거의 진전되지 않는다.

남녀간에도 "이 사람과 하나가 되고 싶다." 하는 생각으로부터 가까워지게 된다. "돈이 갖고 싶다.", "다른 사람으로부터 인정받는 유명한 사람이 되고 싶다.", "칭찬받고 싶다.", "이것만은 팔고 싶다." 등과 같이 어떤 것이라도 좋으니 절실하게 원하는 목표를 세워 보자. 그 때 너무 많은 것을 바라지 말고 자신에게 어울리는 목표로 좁혀 결정하는 것이 좋다.

"내가 아니면 누가 하랴!"하는 의지를 자기가 정말로 하고 싶은 것, 자신의 행동이 누군가를 위해서 하는 것이라면 인간은 살아가는 보람을 느끼고 의욕이 생기게 된다.

사명감이란 문자 그대로 목숨을 다하여 사용하는 것을 말한다. S라는 사람이 어느 노인병동에 입원했다. 그는 입원 후 갑자기 배회하게 되어 한 시간도 눈을 뗄 수 없는 상태가 되었다. 방에 데려다 놓아도 금방 나오기 때문에 담당 간호사가 상당히 피곤해 했다.

그 노인병동에는 J라고 하는 간호과장이 있었다. 그녀는 치매노인들에게 잘 대처하는 묘한 힘을 가진 사람이었다. 그때까지 내과병동을 담당하고 있었지만 노인병동이 생김과 동시에 그곳으로 배정받았다. 이 병동의 환자들의 평균 연령은 83세이다. 재활치료를 받는 사람, 치매가 되어 밤낮없이 배회하는 사람, 자신의 배설물을 주무르는 사람 등 다양한 사람들이 있었다. 그녀는 처음에는 배속을 받은 후 상당히 고민을 했다. 응급환자들과는 전혀 다른 고령자, 또는 치매에 걸린 사람들을 잘 간호할 수 있을까?

그런 J씨에게 결심을 하게 해준 것은 총 간호부장의 한마디 말이었다.

"J씨만이 갈 수 있는 병동입니다. 지역 사람들의 바람을 저버리지 마세요."

J씨에게 있어서 이 말의 의미는 컸다. 그녀는 사명을 흔쾌히 받아들여 노인간호를 결심했다.

처음에는 마음대로 되지 않아 고생도 했지만 여러 환자들과 접하는 사이에 점점 많은 것들을 알게 되었다. 배회하는 사람에게는 배회하는 이유가 있다. 그리고 그것을 발견하지 않는 한 해결을 할 수 없다.

앞에서 말한 S씨의 경우도 왜 입원 직후에 배회가 시작되었을까를 생각해 보았다. 작은 그의 행동도 놓치지 않고 S씨를 계속해서 관찰해 보았다. 그리고 친절하게, 엄하게, 여러 가지 방법으로 이야기를 해 보았다. 그러자 S씨가 그러는 이유를 분명히 알지는 못했지만 때때로 말하는 도중에 고양이라는 말을 한다는 사실을 발견했다. 그는 어쩌면 여기에 그 돌파구가 있을지 모른다고 생각했다.

J씨는 S씨의 가족에게 그 이야기를 했다. 그렇게 해서 S씨가 고양이를

너무나 귀여워했었다는 사실을 알게 되었다. 그녀는 그 고양이와 닮고 크기도 비슷한 인형을 가지고 왔다. 그리고 S씨가 이리저리 돌아다닐 때 "고양이가 S씨가 없으면 울어요." 하고 말했다. 그러자 S씨는 "그렇군, 빨리 돌아가야지." 하고 말하는 것이 아닌가? J씨의 판단이 적중했던 것이다.

어떤 문제이든 그에 따른 원인이 있다. 배회하는 사람도 예외는 아니다. 하지만 그것을 발견하는 정열이 필요하다. J씨가 그 일이 가능했던 것은 다름 아닌 총 간호부장의 한마디의 말이었다. 그녀는 "그 사명감, 내가 아니면 하는 마음이 고난을 넘게 해주었다."라고 말하고 있다.

무엇인가를 해내고 싶다고 생각한다면 자기가 그것을 하지 않으면 안 되는 상황에 자신을 향하게 하고, 자기가 하고 있는 일이 타인을 위한 것이라는 것을 자각한다면 이것으로 일에 대한 자세나 정열도 전혀 달라지게 된다. 이렇게 해서 자신에게 정열을 갖게 한 사람들이 성공한다는 점을 기억해 두자.

일단 오늘 하루만이라도 전력을 다한다

인간은 일단 행동을 시작하면 점점 의욕이 생기게 된다. "사는 것은 호흡하는 것이 아니다. 행위하는 것이다."를 실천해 보자.

처음에는 가짜 의욕이라도 좋다. 이렇게 되고 싶다고 생각하는 자신을 강하게 연기해 보는 것도 좋다. 일을 명령 받으면 괴롭지만 하고 있는 동안에 재미가 생겨나게 마련이다.

프랑스의 정신병원에서는 환자들에게 매일같이 화장을 하게 하자 병이 빨리 나았다고 한다. 이것은 S화장품회사의 사장이 한 말이다. 행동을 일으키는 것, 긍정적인 기분을 연출하는 것에 의해 정신적으로 안정을 되찾아 의욕이 생겨나게 한다.

결과에 너무 치중하기보다 먼저 하루하루 온힘을 다해서 행동하는 것이 중요하다. 해야 할 일을 게을리 하지 말고 정중하게 가능한 한 열심히 해 보자. 그것이 쌓여 언젠가 커다란 결과를 가져오게 된다. 큰일을 성취한 사람의 감상은 대체로 이런 것이다.

세계선수권 10연패 등 많은 기록을 세우고 현역에서 은퇴를 한 경륜 선수도 다음과 같은 말을 했다

"열심히 몰두할 수 있는 것이 최고입니다. 전력을 다해 달리고 그래서 이기면 만족감을 느낄 수 있습니다. 상금은 그 다음 문제입니다."

경륜이라고 하는 결과만이 중요시 되는 일 중에서 게다가 그 정점에 올라선 선수가 먼저 전력을 다해 행동을 하는 것의 중요함을 말하고 있다. 우리들의 하루하루의 비즈니스 생활에 있어서 커다란 교훈을 주는 말이 아닐까?

정신과 몸을 튼튼하게 하자

노는 데에 체력을 소모하며, 골프나 술, 노래 등으로 시간 가는 줄 모르고 인생을 보내는 사람이 있다. 이런 태도로는 열의를 가지기는 무리라고 할 수 있다. 자신의 정열 분배를 착각하고 있는 듯하다. 인생은 길고도 긴 마라톤과 같은 것이라는 사실을 잊지 말기를 바란다.

또한 여유 있는 생활 태도를 가져야 한다. 특히 시간에 쫓긴다면 마음의 여유 따위는 생겨날 수도 없다. 정신 상태는 불안정하고 언제나 불안해한다면 그것에 끌려다니게 된다.

원기주의(元氣主義)를 주장하는 한 디자이너는 너무나도 자기다운 기분 전환법을 실천하고 있다. 언제나 기운이 넘치는 그에게도 마음이 울적할 때가 있다. 그런 때에는 아침에 일찍 일어나 떠오르는 아침 태양을 전신으로 받아들인다. 신선한 아침공기와 눈부시게 빛나는 커다란 태양, 너무나도 그에게 대담한 디자인을 떠오르게 하는 광경이며 몸에 새로운 기운이 솟아나는 듯한 기분에 젖게 만든다.

운동을 하거나 술을 한잔 하는 것도 때로는 좋다. 이처럼 손쉽게 할 수 있으며 몸에도 좋은 기분전환법을 가지고 있는 것만으로 매일의 생활을 상당히 활기차게 만들 수가 있다.

지금까지 말한 내용들을 자기 나름대로 응용하여 꼭 각자의 안에 있는 정열에 불을 피울 수 있기를 바란다.

자신을 강하게 현명하게 만들자. 정신에 스태미너가 없어져 버리면 벽 앞에서 서 있을 뿐 앞으로 전진할 수 없다. 이것으로는 아무것도 이룰 수가 없다. 성공한 사람은 그 정열의 불을 계속 피워 나갈 연료에 그리 신경을 쓰지 않는 사람, 혹은 언제 어디서든 조달할 수 있는 능력이 있는 사람이다.

| 부록 |

리더가 되고자 할 때의 11가지 공식

★ 용기를 가져라.

리더는 용기와 지식과 경험에서 나오는 것이다. 자신감과 용기가 결여된 리더에게 지배당하고 싶어하는 사람은 아무도 없다.

★ 자기 통제력을 가져라.

스스로를 조절하지 못하는 사람이 남을 조절할 리 없다.

★ 정의감에 불타는 마음이 있어야 한다.

공평한 마음과 정의감없이 타인의 존경을 받는다는 것은 불가능하다.

★ 결단력을 가져라.

우유부단은 자신감이 없다는 증거이다. 결단력이 없어 언제나 갈피를 잡지 못하고 있는 리더에게 자신을 맡길 사람은 없을 것이다.

★ 계획성을 가져라.

성공한 리더는 일을 계획하여 그 계획을 반드시 실행한다.

★ 보수 이상의 봉사를 하는 습관을 몸에 익혀라.

리더로서 절대적인 조건은 부하를 충분히 배려해 주는 마음이 있어야 한다.

★ 쾌활한 성격이어야 한다.

리더는 항상 쾌활해야 한다. 그래야 직원들도 명랑하고 즐겁게 일할 수 있다.

★ 자상해야 한다.

리더는 부하에게 자상해야 한다. 부하를 이해할 뿐 아니라 그들의 고민도 이해할 수 있어야 한다.

★ 모든 것을 알고 있어야 한다.

리더는 그 조직 혹은 단체, 상황에 관한 모든 것을 잘 알고 있어야 한다.

★ 책임감을 가질 것.

리더는 자신의 실패는 물론 부하의 실패에 대해서도 책임을 져야 한다.

★ 협력하여 일을 해야 한다.

리더는 협력 체제 아래에서 일이 되도록 해야 한다. 리더에게는 권력이 필요하지만 권력에는 협력이 필요하다.

적성에 맞는 일을 구하는 7가지 공식

인간은 누구나 자기에게 맞는 직업을 구하고 싶어한다.

자기에게 맞는 일을 찾으려면 이와 같은 방법을 이용해 보라.

★ 바라고 있는 일이 무엇인지 확실하게 정하라. 돈만 생기면 어떤 일도 좋다는 사람에게는 결국 돈이 되는 일은 주어지지 않는다. 만약, 희망대로의 일이 없으면 스스로 창립하면 된다.

★ 취직하고 싶은 회사를 결정하라.

★ 희망하는 회사의 경영 방침과 사장의 인격, 승진의 기회 등을 면밀하게 연구하라.

★ 재능과 성격을 분석하여 자신은 "무엇을 할 수 있는가."를 명확하게 알아 두라. 그리고 당신의 의욕과 재능과 노력을 어떻게 조화시키면 되는가 그 계획을 짜라.

★ 이제 여기까지 오면 지위나 승진에 대한 것은 잊어 버린다. "나에게 무슨 일이든 주세요."라는 소극적인 말을 하는 것도 중지한다. 단 "무엇을 할 수 있는가." 그것만을 생각하도록 한다.

★ 마음속에 당신을 알리는 계획이 떠오르면, 경험 있는 문장력이 좋은 사람의 협조를 받아, 그 계획을 상세하고 알기 쉽게 문장화한다. 그리고 완전한 당신의 카탈로그를 만든다.

★ 그 카탈로그를 목표 회사의 담당자에게 제출한 다음 그 사람에게 맡겨 둔다. 어느 회사에서나 자기 회사에 이익을 가져다 주는 인재를 찾고 있으므로 당신의 카탈로그는 반드시 진지하게 검토될 것이 틀림없다.

잠재 의식을 일깨우고자 할 때의 3가지 공식

잠재의식의 활용은 인생에 크게 도움이 된다. 여기서 잠재의식을 요동시키는 자기 암시 방법을 소개한다.

★ 밤에 잠들기 전에 자신이 쓴 암시의 말을, 이미 그것을 손에 넣었을 때의 모습을 마음속에 그리면서 또렷한 목소리로 크게 읽어라.

★ 다음에 이 '암시의 말' 이 마음속에서 완전히 자기 것으로 될 때까지 아침과 저녁마다 반복하여 읽어라.

★ 벽이나 천장. 화장실, 책상 등 눈에 잘 띄는 곳에. 이 '암시의 말' 을 몇 군데 붙여 두어 항상 당신의 마음을 자극하도록 해두어라.

이 세 가지 일을 실행하는 것이 자기 암시의 힘을 발휘시키는 가장 좋은 방법이다. 그리고 중요한 것은 반드시 감정을 깃들여서 행하며 특히, '신념을 가지고' 자기 암시를 행하도록 노력해야 한다.

자신감을 기르는 5가지 공식

자신감은 성공을 달성하는 데 필수적인 정신이다.

자신감이 없으면 어떤 것도 이루어낼 수 없다. 자신감을 기르려면 이 방법을 시도해 보라.

★ 나에게는 훌륭한 인생을 구축할 능력이 있다, 그래서 참고 기다린다. 나는 "절대로 단념하지 않는다."고 마음속에 다짐하라.

★ 무엇이든지 내가 마음속에서 강렬하게 소원하는 것은 반드시 언젠가는 실현될 것이라고 확신하며 매일 30 분, 내가 이루고 싶다고 생각하는 모습을 마음속에 생생하게 그려 내라.

★ 자기 암시의 위대한 힘을 믿으며 매일 10분간, 정신을 통일하여 자신감을 기르기 위한 '자기 암시'를 걸어라.

★ '인생의 목표'를 명확하게 종이에 써라. 다음은 한 걸음 한 걸음 자신감을 가지고 전진해 가는 일 뿐이다.

★ "진리와 정의에 따라 행동하지 않고는 어떠한 부도, 지위도 결코 오래 지속되지 않는다는 사실을 알고 있다. 그래서 이기적인 목표를 세우지는 않겠다. 누구나 다른 사람들의 원조 덕분에 성공이 오는 것이다. 그래서 나는 우선 남을 위해 봉사한다. 사랑을 몸에 익히고 증오와 시기, 이기심이나 짓궂은 마음을 버린다. 이웃을 사랑하자."고 쓰고 그리고 그 '맹세'를 매일 큰 소리로 반드시 읽도록 하자. 당신의 자신감은 견고해져서 당신은 성공할 것이다.

인내력을 기르는 8가지 공식

인내력은 마음의 작용이다. 얼마든지 개발하여 단련시킬 수 있다. 인내력을 연마하기 위한 8공식을 소개한다.

★ 목표를 명확히 하라.

자신이 무엇을 바라고 있는가를 확실하게 알라. 아마 이것이 인내력을 개발하는 가장 중요한 열쇠가 될 것이다. 강력한 동기 부여야말로 우리들에게 온갖 곤란을 극복해 가는 힘을 부여해 준다.

★ 소망의 불을 태우라.

소망이 소리를 내며 타오르게 되면 인내력을 발휘하는 것은 아무것도 아닌 것이 될 것이다.

★ 자신감을 가져라.

가치를 믿으라. 이것이 자신감과 용기와 인내력을 지탱해 준다.

★ 계획을 조직화시켜라.

어쨌든 계획을 짜기 시작한다. 면밀한 계획을 세워 나가는 도중에 점점 인내력이 양성되는 것을 느끼게 될 것이다.

★ 정확한 지식을 가져라.

자신의 경험, 자신의 관찰을 기초로 하여 지식을 쌓아라. 이렇게 해서 얻어진 올바른 지식을 사용하지 않고 단순한 억측이나 짐작만으로 판단하는 것은 인내력을 파괴하기만 한다.

★ 협력심을 가져라.

사람들에게 인정과 이해와 조화가 갖추어진 협력심을 얻는 일은 당신의 인내력을 강화시키는 것이다.

★ 의지를 키워라.

명확한 목표를 향해 항상 마음을 집중시키려고 하는 노력이야말로 '인내력의 양분' 이 된다.

★ 좋은 습관을 가져라.

인내는 습관 문제이다. 인내하는 것이 습관이 되어 몸에 배도록 노력해야 한다. 마음은 나날의 경험이 쌓여서 원숙해지는 법이다. 공포라고 하는 가장 큰 적이라도 '용기 있는 행동을 반복하는 일' 에 의해 쫓아 버릴 수가 있다.

일을 미루지 않기 위한 8가지 공식

★ 생각할 수 있는 5분간의 여유를 가져라. 미래에 대해서 지나치게 생각하지 말고 현재 당신이 원하는 일에 대해서 5분간만 생각한 다음 미루는 일을 거부하라.

★ 지금까지 미루어 왔던 일을 시작하라. 그러면 미루는 일이 불필요하다는 것을 알게 될 것이다.

★ 자신에게 이렇게 반문해 보라. "내가 이 일을 미룸으로써 어떤 손해가 발생할까?"

★ 과거에서부터 지금까지 미루어 왔던 일에 전적으로 매달릴 수 있는 시간을 구체적으로 정하라.

★ 해야 할 일에 대해서 지레 걱정하고 살 만큼 한가한 사람은 없다. 일을 미루고 싶은 생각이 들 때는, 자신을 사랑하는 사람들은 그들 자신을 미룸으로써 망치게 하지 않는다는 것을 기억하라.

★ 자신을 퇴보시키고 있는 것은 바로 자신이다. 자신이 지금까지 해온 모든 것은 스스로의 선택에 의해 이루어졌음을 잊지 말라.

★ 지루한 환경에서 창조적으로 당신의 생각을 활용하여 극복하라. 당면한 문제에 불안감을 가질 필요가 없다. 자신감을 가져라.

★ 삶을 냉정하게 판단하라. "만약 앞으로 6개월밖에 살지 못한다면, 하고자 하는 일을 지금 하고 있을 것이다." 그 생각을 하라.

상대방에게 호감을 주는 대화법 3공식

현대는 대화의 시대, 설득의 시대이다. 대화란 그대로 '나'와 '상대'가 서로 주고받는 말이다. 혼자서 떠드는 것은 독백이거나 설교, 강의이다. 그런데도 많은 사람들이 일방적으로 자기 말만 하려고 한다. 이것이 대화의 문제점이다.

그렇다면 보다 효과적인 대화의 방법은 무엇일까? 상대방을 기분좋게 해주는 대화법을 소개한다.

★ 1분 이내로 자기의 말을 끝낸다.

현대인은 타인의 장광설을 싫어한다. 따라서 자기의 말은 상대의 말을 이끌어내기 위한 문제 제기 정도로 1분 이내로 간단히 말하는 것이 좋다.

★ 2분 이상 상대가 말하게 한다.

반대로 사람은 누구나 자기의 말을 많이 하려고 한다. 상대가 말을 많이 하도록 2분 이상 기회를 주어야 한다.

★ 3분 이상 긍정의 맞장구를 친다.

상대의 말에 긍정의 맞장구를 쳐주면 상대의 기분은 썩 좋아지기 마련이다. 그렇게 되면 그는 당신에게 호감을 갖게 된다. 결국 이익은 말을 아낀 당신에게 돌아가게 되는 것이다.

신뢰받는 사람이 되기 위한 공식

★ 절제하라.

특히 주색(酒色)을 조심하라. 폭음 후 이튿날 숙취 때문에 출근 못하는 사람치고 성공한 사람은 없다. 리비도(Libido, 성욕)가 모든 창조력의 원동력이다. 위대한 창조를 한 사람은 리비도를 창조력으로 전환시킨 사람들이라는 것을 명심하라.

★ 침묵하라.

말하는 사람이나 듣는 사람이나 이익이 되지 않는 쓸데없는 말은 하지 말아야 한다.

★ 질서를 지켜라.

물건과 지식을 정돈하고 시간을 지켜야 한다.

★ 결단력을 가져라.

일단 정해 놓은 목표는 성취시켜야 한다.

★ 검약하라.

낭비하지 말고 절약하여야 한다.

★ 근면하라.

열성적이고 부지런해야 한다.

★ 성실하라.

모든 일을 정직하고 성실한 태도로 임해야 한다.

★ 정의로워라.